Gröls Verlage

*„Bücher sind wie Fallschirme. Sie nützen uns nichts, wenn wir sie nicht öffnen."*

**Gröls Verlag**

## Redaktionelle Hinweise und Impressum

Das vorliegende Werk wurde zugunsten der Authentizität sehr zurückhaltend bearbeitet. So wurden etwa ursprüngliche Rechtschreibfehler regelmäßig *nicht* behoben, denn kleine Unvollkommenheiten machen das Buch – wie im Übrigen den Menschen – erst authentisch. Mitunter wurden jedoch zum Beispiel Absätze behutsam neu getrennt, um den Lesefluss zu erleichtern.

Um die Texte zu rekonstruieren, werden antiquarische Bücher von Lesegeräten gescannt und dann durch eine Software lesbar gemacht. Der so entstandene Text wird von Menschen gegengelesen und korrigiert – hierbei treten auch Fehler auf. Wenn Sie ebenfalls antiquarische Texte einreichen möchten, finden Sie weitere Informationen auf www.groels.de

Viel Freude bei der Lektüre wünscht Ihnen das Team des Gröls-Verlags.

**Adressen**

Verleger: Hermann-Josef Gröls,

Im Borngrund 26, 61440 Oberursel

Externer Dienstleister für Distribution & Herstellung:

BoD, In de Tarpen 42, 22848 Norderstedt

**Unsere „Edition | Werke der Weltliteratur“** hat den Anspruch, eine der größten und vollständigsten Sammlungen klassischer Literatur in deutscher Sprache zu werden. Nach und nach versammeln wir hier nicht nur die „üblichen Verdächtigen“ von Goethe bis Schiller, sondern auch Kleinode der vergangenen Jahrhunderte, die – zu Unrecht – drohen, in Vergessenheit zu geraten. Wir kultivieren und kuratieren damit einen der wertvollsten Bereiche der abendländischen Kultur. Kleine Auswahl:

**Francis Bacon** • Neues Organon • **Balzac** • Glanz und Elend der Kurtisanen • **Joachim H. Campe** • Robinson der Jüngere • **Dante Alighieri** • Die Göttliche Komödie • **Daniel Defoe** • Robinson Crusoe • **Charles Dickens** • Oliver Twist • **Denis Diderot** • Jacques der Fatalist • **Fjodor Dostojewski** • Schuld und Sühne • **Arthur Conan Doyle** • Der Hund von Baskerville • **Marie von Ebner-Eschenbach** • Das Gemeindekind • **Elisabeth von Österreich** • Das Poetische Tagebuch • **Friedrich Engels** • Die Lage der arbeitenden Klasse • **Ludwig Feuerbach** • Das Wesen des Christentums • **Johann G. Fichte** • Reden an die deutsche Nation • **Fitzgerald** • Zärtlich ist die Nacht • **Flaubert** • Madame Bovary • **Gorch Fock** • Seefahrt ist not! • **Theodor Fontane** • Effi Briest • **Robert Musil** • Über die Dummheit • **Edgar Wallace** • Der Frosch mit der Maske • **Jakob Wassermann** • Der Fall Maurizius • **Oscar Wilde** • Das Bildnis des Dorian Grey • **Émile Zola** • Germinal • **Stefan Zweig** • Schachnovelle • **Hugo von Hofmannsthal** • Der Tor und der Tod • **Anton Tschechow** • Ein Heiratsantrag • **Arthur Schnitzler** • Reigen • **Friedrich Schiller** • Kabale und Liebe • **Nicolo Machiavelli** • Der Fürst • **Gotthold E. Lessing** • Nathan der Weise • **Augustinus** • Die Bekenntnisse des heiligen Augustinus • **Marcus Aurelius** • Selbstbetrachtungen • **Charles Baudelaire** • Die Blumen des Bösen • **Harriett Stowe** • Onkel Toms Hütte • **Walter Benjamin** • Deutsche Menschen • **Hugo Bettauer** • Die Stadt ohne Juden • **Lewis Caroll** • *und viele mehr….*

# Joseph Conrad

# Das Herz der Finsternis

## I

Die *Nelly*, eine seetüchtige Jolle, schwoite an ihrem Anker ohne die leiseste Regung in den Segeln und hielt Rast. Die Flut hatte begonnen, es war fast völlig windstill, und da wir stromabwärts wollten, so hatten wir weiter nichts zu tun, als liegenzubleiben, und das Kentern des Stromes abzuwarten.

Die Themsemündung dehnte sich vor uns wie der Anfang einer ungeheuren Wasserstraße. Draußen waren die See und der Himmel fugenlos zusammengeschweißt, und in dem leuchtenden Raum schienen die gegerbten Segel der Leichter, die mit der Flut herauftrieben, reglos still zu stehen, als scharf umrissene rote Leinwandstücke, vom Lackglanz der Spriete gehöht. Ein leichter Dunst lagerte über den niedrigen Ufern, die gegen die See zu ganz flach verliefen. Die Luft über Gravesend war dunkel und schien noch weiter zurück zu einer finsteren Wolke verdüstert, die unbeweglich über der größten Stadt der Erde lagerte.

Der Direktor der Handelsgesellschaft war unser Schiffer und Gastgeber. Wir vier betrachteten wohlwollend seinen Rücken, während er im Bug stand und seewärts Ausschau hielt. Auf dem ganzen Strom war sicher nichts zu finden, das halb so seemännisch ausgesehen hätte. Er erinnerte an einen Lotsen, der für einen Seemann der Inbegriff der Vertrauenswürdigkeit ist. Es war schwierig, sich vorzustellen, daß seine Berufsarbeit nicht dort vor ihm lag, in der leuchtenden Mündung, sondern hinter ihm, in der brütenden Dunstwolke.

Zwischen uns bestand, wie ich schon irgendwo gesagt habe, das Band der See. Das hatte nicht nur die Wirkung, unsere Herzen während langer Trennung einander zugetan zu halten, sondern auch die andere, daß wir einer für des anderen Geschichten – sogar Überzeugungen – Nachsicht aufbrachten. Der Rechtsanwalt – der feinste aller alten Knaben – hatte kraft der Zahl seiner Jahre wie auch seiner Tugenden das einzige Kissen auf Deck und lag auf der einzigen Decke. Der Buchhalter hatte schon eine Dominoschachtel heraufgebracht und führte nun mit den Steinen Kunstbauten auf. Marlow saß mit gekreuzten Beinen etwas weiter zurück und lehnte sich gegen den Besanmast. Er hatte eingefallene Wangen, eine gelbliche Hautfarbe, einen geraden Rücken und das Aussehen eines Asketen; wie er nun, die Handflächen auswärtsgekehrt, die Arme hängen ließ, erinnerte er an ein Götzenbild. Der Direktor, der sich mit Befriedigung überzeugt hatte, daß der Anker gut hielt, kam nun nach achtern und setzte sich zu uns. Wir tauschten träge einige Worte. Dann herrschte Schweigen an Bord der Jacht. Aus dem oder jenem Grunde begannen wir die Dominopartie nicht. Wir waren nachdenklich gestimmt und fühlten uns nur zu müßigem Schauen aufgelegt. Der Tag ging in stillem Glanz zu Ende. Die Wasserfläche leuchtete friedlich; der Himmel, fleckenlos, erweckte den Gedanken, an selige, strahlende Unendlichkeit; sogar noch der Dunst über der Essexmarsch erschien als ein lichtes Schleiertuch, das von den waldigen Höhen landeinwärts niederwallte und die flachen Ufer hinter durchsichtigen Falten verbarg. Nur der Dunst im Westen, über dem Oberlauf des

Flusses, wurde mit jeder Minute düsterer, als erzürnte ihn das Nahen der Sonne.

Und schließlich sank die Sonne tief ans Ende ihrer Bahn, wechselte von blendendem Weiß zu tiefem Rot, ohne Strahlen und ohne Hitze, als wollte sie plötzlich verlöschen, zu Tode getroffen von der Berührung mit der Dunstwolke, die über einem Menschenhaufen brütete.

Die Sonne sank, die Dämmerung brach über den Strom herein, und längs der Ufer begannen Lichter aufzutauchen. Der Leuchtturm von Chapman, der auf seinen drei Beinen kerzengerade auf einer Morastbank stand, gab grelles Licht. Schiffslichter kreuzten durch das Fahrwasser – ein Gewimmel von Lichtern, die auf und ab wanderten. Und weiter weg, im Westen, gegen den Oberlauf des Flusses zu, war die ungeheure Stadt immer noch am Himmel zu merken; ein brütender Dunst im Sonnenschein, ein düsterer Glanz unter den Sternen.

„Und auch dies", sagte Marlow plötzlich, „ist einmal einer der dunklen Orte der Erde gewesen."

Er war der einzige unter uns, der immer noch zur See fuhr. Das Schlimmste, was man ihm nachsagen konnte, war, daß ihm sein Beruf nicht anzumerken war. Er war ein Seemann, aber auch ein Wanderer, während doch die meisten Seeleute, wenn man so sagen darf, ein seßhaftes Leben führen. Ihr Sinn ist auf Häuslichkeit gerichtet, und ihre Häuslichkeit ist überall um sie – das Schiff; und so auch ihre Heimat – die See. Ein Schiff gleicht dem anderen so ziemlich, und die See ist überall dieselbe. An der Unveränderlichkeit ihrer Umgebung gleiten die fremden Gestade, die fremden Gesichter, der endlos bunte Wechsel des Lebens vorbei; doch kein Geheimnis hält die Beschauer vom

Eindringen ab, sondern nur die eigene geringschätzige Unwissenheit; denn nichts Geheimnisvolleres gibt es für einen Seemann als die See selbst, die die Herrin seines Daseins ist und unergründlich wie das Schicksal. Im übrigen genügt nach arbeitsreichen Tagen ein kurzer Streifzug oder eine kurze Zecherei an Land, um ihm das Geheimnis eines ganzen Kontinents zu erschließen, und meist findet er das Geheimnis wenig wissenswert. Die Geschichten der Seeleute sind von unendlicher Einfalt, und ihren ganzen Sinn könnte eine Nußschale fassen. Aber Marlow war, wie gesagt, kein typischer Vertreter seines Berufs (seine Leidenschaft, ein Garn zu spinnen, vielleicht ausgenommen), und für ihn lag der Sinn eines Begebnisses nicht innen wie ein Kern, sondern außen, rings um die Geschichte, die ihn hervorbrachte, wie eine Glutwelle einen Dunst hervorbringt, oder wie etwa einer der Nebelhöfe, die mitunter durch den Mondschein sichtbar gemacht werden.

Seine Bemerkung wirkte durchaus nicht überraschend. Sie sah Marlow ganz ähnlich und wurde schweigend aufgenommen. Keiner nahm sich auch nur die Mühe, zu knurren; und nun fügte Marlow ganz langsam hinzu:

„Ich dachte an die uralten Zeiten, als die Römer zum ersten Male hierher kamen, neunzehnhundert Jahre ist es her – da neulich ... Licht ist seither von diesem Fluß ausgegangen – Ritter sagt ihr? Ja; aber es ist nur wie ein wandernder Sonnenfleck auf einer Ebene, wie ein Blitz in Wolken. Wir leben in diesem Aufblitzen – mag es währen, solang die Erde rollt. Doch gestern noch herrschte Dunkelheit hier. Stellt euch die Gefühle des Befehlshabers einer – wie nennt ihr sie – Trireme im Mittelmeer vor, der plötzlich nach Norden versetzt wird; er durchquert die beiden Gallien in größter

Eile; dann wird ihm eines der Fahrzeuge anvertraut, wie sie die Legionäre – fabelhaft geschickte Leute müssen es gewesen sein – zu bauen pflegten, hundertweise, wie es scheint, in ein oder zwei Monaten, wenn das, was wir lesen, zu glauben ist. Stellt ihn euch hier vor – wahrhaft am Ende der Welt, vor einer bleifarbenen See unter einem rauchfarbenen Himmel, auf einem Schiff, gebrechlich wie eine Harmonika – wie er diesen Strom hier hinaufgeht, mit Vorräten oder Befehlen oder sonst etwas. Sandbänke, Marschen, Urwälder und Wilde – verteufelt wenig zu essen für einen zivilisierten Menschen, nichts als Themsewasser zu trinken, kein Falerner Wein hier, keine Ausflüge an Land. Da und dort ein Militärlager, in der Wildnis verloren, wie eine Nadel in einem Heuhaufen – Kälte, Nebel, Ungewitter, Krankheit, Verbannung und Tod – Tod, der in der Luft, im Wasser, im Busch lauert. Sie müssen hier wie Fliegen gestorben sein. O gewiß, der Mann tat seine Pflicht. Tat sie gut, ganz ohne Frage, und ohne viel darüber nachzudenken, höchstens, daß er später einmal mit alledem prahlte, was er zu seiner Zeit durchgemacht hatte. Sie waren Manns genug, der Finsternis ins Auge zu sehen, und vielleicht hielt ihn die Aussicht aufrecht, nach und nach zur Flotte von Ravenna versetzt zu werden, wenn er gute Freunde in Rom hatte und das schauerliche Klima überlebte. Oder denkt euch einen wohlerzogenen jungen Bürger in einer Toga – ein bißchen zu viel Würfelspiel vielleicht –, der im Gefolge eines Präfekten, eines Steuereinnehmers oder sogar eines Händlers hier herauskam, um seine Finanzen aufzubessern. In einem Morast landen, durch die Wälder marschieren und dann an irgendeinem Posten landeinwärts fühlen, daß die Wildnis, die völlige Wildnis sich um einen geschlossen hat. – Dazu all das geheimnisvolle Leben der Wildnis, das im Wald, im Dickicht und in den Herzen der wilden Männer atmet. Es führt auch kein Weg zu diesen Geheimnissen. Man hat inmitten des Unverständlichen, das im gleichen Maße verhaßt ist, weiterzuleben. Allerdings hat es auch seinen Reiz, dem er sich nicht entziehen kann. Den Reiz des Grauens, wenn ihr das versteht. Stellt euch vor, wie die Reue wächst, zugleich mit der Sehnsucht, zu entrinnen, dem ohnmächtigen Widerwillen der Ergebung, dem Haß."

Er brach ab.

„Bedenkt", begann er von neuem, und hob dabei einen Arm mit nach außen gekehrter Handfläche im Ellbogengelenk hoch, so daß er, auf gekreuzten Beinen sitzend, wie ein predigender Buddha wirkte, ein Buddha allerdings in europäischen Kleidern und ohne Lotosblume – „bedenkt, keiner von uns würde genauso empfinden. Was uns rettet, ist die Leistungsfälligkeit. – Das Interesse am Nutzwert. Das nämlich fehlte den Burschen von damals völlig. Sie waren keine Kolonisatoren. Ihre Verwaltung war nichts als eine große Steuerschraube – so scheint es mir wenigstens. Sie waren Eroberer, und dazu brauchte es nichts als rohe Kraft – nichts, dessen man sich zu rühmen hätte, wenn man es besitzt, denn unsere Kraft ist ja immer nur ein Gefühl, das sich aus der Schwäche der anderen ergibt. Sie rafften zusammen, was zu kriegen war, und waren immer auf noch mehr aus. Es war richtiger Raubmord unter erschwerenden Umständen, in größerem Maßstabe, und die Leute gingen blind daran – wie es sich ja auch für die schickt, die sich in die Finsternis vorwagen. Die Eroberung der Erde (ein Wort, das meistens die Bedeutung hat, daß man Leuten, die eine andere Hautfarbe oder flachere Nasen als wir selbst haben, ihr Land wegnimmt), diese Eroberung ist nichts Allzuschönes, wenn man sie sich aus der Nähe betrachtet. Was sie versöhnlich erscheinen läßt, ist nur die Idee, die Idee hinter ihr; kein gefühlsmäßiger Vorwand, sondern die Idee; und ein selbstloser Glaube an diese Idee – etwas, das man hochhalten, vor dem man sich neigen und dem man ein Opfer bringen kann ..."

Er brach ab. Flammen glitten durch den Fluß, kleine grüne Flammen, rote Flammen, weiße Flammen. Verfolgten, überholten einander, vereinigten sich, um gleich wieder langsam oder hastig sich zu trennen. Das Leben der großen Stadt ging in der sinkenden Nacht auf dem schlaflosen Strom seinen Gang. Wir sahen zu und warteten geduldig – nichts anderes war zu tun bis zum Ablaufen der Flut; doch erst nach einem langen Schweigen sagte Marlow leicht zögernd: „Ich denke, ihr erinnert euch ja, daß ich einmal eine Zeitlang Flußschiffer war", und da wußten wir auch, daß wir, noch bevor die Ebbe einsetzte, eine von Marlows eigenartigen Geschichten anzuhören haben würden.

„Ich will euch nicht viel mit dem langweilen, was mir selbst geschah", begann er und bewies damit die Schwäche so vieler Geschichtenerzähler, die häufig gar nicht zu wissen scheinen, was ihre Zuhörer am liebsten hören würden. „Um aber die Wirkung der Ereignisse auf mich zu verstehen, müßt ihr natürlich wissen, wie ich dort hinauskam, was ich sah und wie ich den Fluß bis zu dem Punkt hinauffuhr, wo ich den armen Kerl zum erstenmal traf. Es war der Endpunkt der Schiffahrt und der Gipfelpunkt meiner Erfahrung. Es schien ein Licht auf alles um mich zu werfen – und noch in meine Gedanken hinein. Dabei war es trübe genug und erbarmenswürdig – keineswegs bemerkenswert und auch nicht sonderlich klar. Nein, gewiß nicht sonderlich klar. Und doch schien es Licht auszustrahlen.

Ich war damals, wie ihr euch erinnert, eben nach London heimgekehrt, nachdem ich den Osten reichlich gesehen und mich etwa sechs Jahre lang im Indischen und Stillen Ozean und im Chinesischen Meer herumgetrieben hatte; nun bummelte ich herum, hinderte euch Burschen in eurer Arbeit, drang in eure Häuser ein, als hätte mich der Himmel zu der Aufgabe berufen, euch zur Gesittung zu bekehren. Eine Zeitlang schien es recht nett, aber dann wurde ich des Faulenzens müde. Ich begann nach einem Schiff Ausschau zu halten, was mir die härteste Arbeit auf Erden zu sein scheint. Doch die Schiffe sahen nicht nach mir und so wurde ich auch dieses Spieles müde.

Nun hatte ich schon als ganz kleiner Junge eine Leidenschaft für Landkarten gehabt. Ich konnte mir stundenlang Südamerika, oder Afrika, oder Australien betrachten und mich in die Wonnen der Erforschung versenken. Damals gab es noch viele weiße Flecke auf der Erde, und wenn ich auf einen stieß, der auf der Karte einladend aussah (aber das tun sie ja alle), dann legte ich den Finger darauf und sagte: ›Wenn ich groß bin, will ich dahin gehen.‹ Der Nordpol war einer dieser Orte, wie ich mich erinnere: ich bin nicht dort gewesen und will es auch jetzt nicht versuchen. Der Zauber ist verflogen. Andere Flecke waren um den Äquator herum verstreut und über alle Breiten, über beide Halbkugeln. An einigen davon bin ich gewesen und ... nun, wir wollen nicht davon reden. Aber einen gab es noch, den größten, den weißesten sozusagen, nach dem mir der Sinn stand.

Tatsächlich war es damals kein weißer Fleck mehr. Seit meiner Knabenzeit war er mit Strömen, Seen und Namen angefüllt worden. Er hatte aufgehört, ein Raum voll köstlicher Geheimnisse zu sein, ein weißer Fleck, von dem ein Knabe Ruhm erträumen konnte. Er war zu einem Ort der Finsternis geworden. Doch gab es darin einen Flußlauf, einen mächtig großen Strom, den man auf der Karte sehen konnte und der einer langgestreckten Schlange ähnelte, deren Kopf im Meere lag, während der ruhende Körper sich weit weg über weite Ländereien ringelte und der Schwanz sich tief im Innern verlor. Als ich mir in einem Auslagefenster diese Karte betrachtete, fühlte ich mich gebannt wie ein Vogel, ein ganz dummer kleiner Vogel, vom Blick einer Schlange. Dann erinnerte ich mich, daß es eine große Gesellschaft, eine Handelsgesellschaft an dem Flusse gab. Zum Teufel, dachte ich mir, sie können doch auf der Menge Süßwasser dort nicht Handel treiben ohne irgendeine Art von Fahrzeugen – Dampfbooten! Warum sollte ich nicht versuchen, eines davon in die Finger zu bekommen; Ich ging weiter durch Fleet Street, konnte aber den Gedanken nicht loswerden. Die Schlange hatte mich berückt.

Ihr müßt wissen, daß die Handelsgesellschaft ein Festland-Konzern war; aber ich habe eine Menge Verwandte, die auf dem Festland wohnen, weil es dort, soviel man hört, billiger und nicht gar so schlimm ist, wie es aussieht.

Ich muß zu meiner Schande gestehen, daß ich den Leuten auf den Hals rückte. Für mich war es schon der zweite Schritt ins Leben. Doch war ich es nicht gewohnt, Dinge auf diese Weise zu erreichen. Ich war immer auf meinen eigenen Wegen und auf meinen eigenen Beinen dahin gegangen, wohin ich hatte gehen wollen. Ich hätte es mir selbst gar nicht zugetraut; aber dann, seht ihr, fühlte ich plötzlich, daß ich krumm oder gerade dorthin kommen mußte. So lief ich also den Leuten die Türen ein. Die Männer sagten: ›Mein lieber Junge‹ und taten nichts. Dann, würdet ihr es glauben, versuchte ich es bei den Frauen. Ich, Charlie Marlow, setzte die Frauen in Bewegung – um eine Stelle zu bekommen. Himmel noch mal! Ja, seht ihr, mich peinigte meine fixe Idee. Ich hatte eine Tante, eine liebe überschwengliche Seele. Sie schrieb: ›Es wird entzückend. Ich bin bereit, alles, alles für Dich zu tun. Es ist eine gottvolle Idee. Ich kenne die Gemahlin einer sehr hochgestellten Persönlichkeit in der Verwaltung und auch einen Mann, der großen Einfluß hat‹, und so weiter und so weiter. Sie war entschlossen, kein Mittel unversucht zu lassen, um mir die Bestallung als Kapitän eines Flußdampfers zu verschaffen, wenn mir daran gelegen wäre.

Ich bekam den Posten – wie nicht anders zu erwarten; und überdies noch sehr schnell. Wie sich dann herausstellte, hatte die Gesellschaft die Nachricht bekommen, daß einer ihrer Kapitäne in einem Scharmützel mit den Eingeborenen getötet worden war. Das war mein Glück, und es machte mich noch versessener darauf, hinzugehen. Erst viele Monate später, bei dem Versuch, die Überreste des Leichnams zu retten, hörte ich, daß der ganze Streit durch ein Mißverständnis wegen einiger Hühner entstanden war. Jawohl, wegen zwei schwarzer Hennen. Fresleven – so hieß der Bursche, ein Däne – glaubte sich in dem Handel irgendwie benachteiligt, ging also an Land und begann den Häuptling des Dorfes mit einem Stocke durchzubläuen. Es überraschte mich nicht im geringsten, das zu hören und gleichzeitig auch die Versicherung zu erhalten, daß Fresleven das höflichste, ruhigste Geschöpf gewesen sei, das je auf zwei Beinen dahingegangen war. Das war ganz fraglos richtig; nur war er schon einige Jahre dort draußen gewesen, im Dienst der guten Sache, und hatte also wohl schließlich das Bedürfnis empfunden, vor sich selbst seine Selbstachtung auf irgendeine Weise zu bestätigen. Darum verprügelte er den alten Neger erbarmungslos, während eine große Menge Volkes wie betäubt zusah, schließlich führte ein Mann – der Sohn des Häuptlings, wie man mir sagte – in heller Verzweiflung über das Geschrei des Alten versuchsweise einen Speerstoß nach dem weißen Mann – und natürlich drang die Spitze ganz leicht zwischen den Schulterblättern ein. Dann verschwand die gesamte Bevölkerung in den Wald, in der Befürchtung alles erdenklichen Unheils, während andererseits der Dampfer, den Fresleven befehligt hatte, gleicherweise von Panik ergriffen, unter dem Befehl eines Ingenieurs abfuhr. Hinterher schien sich niemand um Freslevens sterbliche Reste sonderliche Gedanken zu machen, bis ich hinauskam und an seine Stelle trat. Ich konnte es nicht auf sich beruhen lassen; als sich mir aber endlich die Gelegenheit bot, mit meinem Vorgänger zusammenzutreffen, da war das Gras hoch genug durch seinen Körper gewachsen, um seine Knochen zu verbergen. Sie waren vollzählig da. Das übernatürliche Wesen war nach seinem Fall nicht mehr angerührt worden. Und das Dorf war verlassen, die Hütten gähnten schwarz, verfault, ganz windschief hinter den eingefallenen Zäunen. Ein Unheil war in der Tat über sie hereingebrochen. Die Einwohner waren verschwunden. Blindes Entsetzen hatte sie, Männer, Weiber und Kinder, durch den Busch gejagt, und sie waren nie wiedergekehrt. Was aus den Hennen geworden war, konnte ich auch nicht feststellen. Ich möchte aber glauben, daß sie der Sache des Fortschrittes anheimfielen. Doch so oder so, infolge dieser glorreichen Angelegenheit bekam ich meine Anstellung, bevor ich sie noch richtig zu erhoffen begonnen hatte.

Ich flog wie verrückt herum, um fertig zu werden, und noch vor Ablauf von achtundvierzig Stunden fuhr ich über den Kanal, um mich meinen Arbeitgebern vorzustellen und den Vertrag zu unterschreiben. Nach ganz wenigen Stunden kam ich in einer Stadt an, die mich immer an ein getünchtes Grab erinnert. Ein Vorurteil, ohne Frage. Ich hatte keine Schwierigkeiten, das Kontor der Gesellschaft zu finden. Es war die größte Unternehmung in der Stadt und ihr Name auf jedermanns Lippen. Die Leute waren eben dabei, ein überseeisches Reich zu errichten und im Handel ungeheuer viel Geld zu machen.

Eine enge, einsame Gasse im tiefen Schatten hoher Häuser, zahllose Fenster mit Jalousien, ein totes Schweigen, Gras zwischen den Pflasterfugen, mächtige Torbogen links und rechts, ungeheure zweiflügelige Tore, die wuchtig offen standen. Ich schlüpfte durch eines hinein, ging ein sauberes und schmuckloses Treppenhaus, kahl wie eine Wüste, hinauf und öffnete die erste Tür, an die ich kam. Zwei Frauen, die eine fett und die andere mager, saßen auf strohgeflochtenen Stühlen und strickten schwarze Wolle. Die schwarze stand auf und kam gerade auf mich zu – wobei sie immer noch mit niedergeschlagenen Augen weiterstrickte –, und erst als ich zu erwägen begann, ob ich ihr würde aus dem Wege gehen müssen wie einer Traumwandlerin, blieb sie stehen und sah auf. Ihr Gewand war schlicht wie der Überzug eines Regenschirmes; sie drehte ohne ein Wort um und ging mir in ein Wartezimmer voran. Ich nannte meinen Namen und sah mich um. Ein Tisch aus weichem Holz in der Mitte, einfache Stühle längs der Wand, an einem Ende eine leuchtende Landkarte, mit allen Farben des Regenbogens bemalt. Es gab viel Rot darauf – gut anzusehen, weil man weiß, daß dort nützliche Arbeit geleistet wird; verteufelt viel Blau, ein wenig Grün, ein paar Streifen Orange und, an der Ostküste einen Fleck Purpur. Doch ich wollte ja in keines davon. Ich würde ins Gelbe gehen. Gerade in den Mittelpunkt. Und auch der Strom war da, berückend, toddrohend, wie eine Schlange. Uff! Eine Tür ging auf, der weißhaarige Kopf eines Sekretärs mit dem Ausdruck unverkennbaren Mitleids erschien, und ein knochiger Zeigefinger winkte mich ins Heiligtum. Die Beleuchtung darin war düster. Ein wuchtiger Schreibtisch nahm die ganze Mitte ein. Hinter dem Prunkbau war in Umrissen eine bleiche, unförmige Leiblichkeit in einem Gehrock zu erkennen. Der große Mann in Person. Er war fast sechs Fuß hoch, glaube ich, und hielt die Hand auf vielen Millionen. Er schüttelte mir die Hand, murmelte etwas, schien mit meinem Französisch zufrieden. *Bon voyage!*

Nach etwa fünfundvierzig Sekunden fand ich mich wieder im Wartezimmer neben dem mitleidigen Sekretär, der mich voll fassungslosen Erbarmens ein Dokument unterschreiben ließ. Soviel ich weiß, verpflichtete ich mich darin unter anderem, keine Geschäftsgeheimnisse zu verraten. Nun gut. Ich habe auch nicht die Absicht.

Ich begann, mich ein wenig ungemütlich zu fühlen; ihr wißt ja, daß ich an solche feierliche Umstände nicht gewöhnt bin, und überdies lag etwas wie die Vorahnung von Unheil in der Luft. Es war, als hätte man mich in eine Verschwörung aufgenommen – wie soll ich sagen – in irgend etwas Unerlaubtes; und ich war froh, wieder herauszukommen. In dem Vorzimmer strickten die beiden Frauen fieberhaft schwarze Wolle. Leute kamen an, und die Jüngere ging hin und her, um sie einzulassen. Die Alte saß auf ihrem Stuhl fest. Ihre flachen Tuchpantoffel waren fest auf einen Fußwärmer gestemmt, und eine Katze ruhte in ihrem Schoß. Sie trug eine weiße gestärkte Sache auf ihrem Kopf, hatte eine Warze auf einer Wange und eine silbergefaßte Brille auf der Nasenspitze sitzen. Sie warf mir über die Gläser weg einen Blick zu. Die Seelenruhe in diesem flüchtigen und gleichgültigen Blick verwirrte mich. Zwei junge Leute von munterem und leicht närrischem Aussehen wurden eben vorbeigelotst, und auch ihnen warf sie den gleichen Blick zu, voll unbeteiligten Wissens. Sie schien alles über die beiden, wie auch über mich zu wissen. Ein unbehagliches Gefühl begann in mir aufzusteigen. Sie wirkte unheimlich und schicksalhaft. Oft dachte ich weit dort draußen an diese beiden, die die Tür zur Finsternis hüteten und schwarze Wolle dazu strickten wie für ein warmes Leichentuch; die eine ließ ein, ließ unaufhörlich ein ins Unbekannte, die andere prüfte die munteren, närrischen Gesichter mit ihren teilnahmslosen alten Augen. *Ave*! Alte Strickerin, mit deinem schwarzen Wollknäuel. *Morituri te salutant*! Nicht viele von ihnen, die sie so angeblickt hat, haben sie jemals wiedergesehen. – Lange nicht die Hälfte.

Es blieb noch der Besuch beim Arzt. ›Eine einfache Formsache‹, versicherte mir der Sekretär, immer noch mit einer Miene, als nähme er an allen meinen Sorgen ungeheuern Anteil. Danach tauchte ein junger Bursche, der seinen Hut schief über dem linken Auge trug, ein Beamter vermute ich – es müssen Beamte in dem Geschäft gewesen sein, obwohl das Haus still war, wie das einer Totenstadt – tauchte also auf, irgendwoher aus dem oberen Stock und führte mich hinaus. Er sah schäbig und vernachlässigt aus, mit Tintenflecken auf den Rockärmeln; seine Krawatte war breit und bauschte sich unter seinem Kinn, das wie die Kappe eines alten Stiefels geformt war. Es war noch zu früh für den Doktor, darum schlug ich vor, wir sollten eins trinken, und daraufhin wurde er gemütlich. Als wir bei unserem Wermut saßen, pries er die Geschäfte der Gesellschaft, und ich äußerte im weiteren

Verlauf meine Verwunderung darüber, daß er nicht auch hinausginge. ›Ich bin nicht ganz so dumm, wie ich aussehe, sagte Plato zu seinen Schülern‹, gab er vielsagend zurück, trank entschlossen sein Glas aus, und wir brachen auf.

Der alte Doktor fühlte meinen Puls und dachte offenbar dabei an etwas ganz anderes. ›Gut, gut genug für dort‹, murmelte er und fragte dann, ob ich ihm erlauben würde, meine Schädelmaße zu nehmen. Ich bejahte ziemlich überrascht, worauf er ein Ding, ähnlich einem Zirkel, hervorzog und die Maße rückwärts, vorne, seitlich und überall nahm und sorgfältig aufschrieb. Er war ein unrasierter kleiner Mann in einem fadenscheinigen Rock, mit Pantoffeln an den Füßen, und ich hielt ihn für einen harmlosen Narren. ›Ich bitte immer um die Erlaubnis, der Wissenschaft zuliebe, die Schädel der Leute zu messen, die dort hinausgehen‹, sagte er. – ›Auch wenn sie zurückkommen?‹ fragte ich. – ›Oh, dann sehe ich sie niemals‹, meinte er, ›und überdies gehen ja die Veränderungen innerlich vor sich, müssen Sie wissen.‹ Er lächelte, als hätte er einen kleinen Scherz gemacht. ›So, Sie gehen also dort hinaus! Famos! Auch interessant!‹ Er sah mich forschend an und machte noch eine Notiz. ›Kein Fall von Irrsinn in Ihrer Familie?‹ fragte er in trockenem Geschäftston. Ich war recht ärgerlich: ›Geschieht auch diese Frage der Wissenschaft zuliebe?‹ – ›Es wäre‹, gab er zurück, ohne meine Erregung zu beachten, ›für die Wissenschaft sehr wichtig, an Ort und Stelle die seelischen Veränderungen in den Leuten zu beobachten, aber…‹ – ›Sind Sie Irrenarzt?‹ unterbrach ich ihn. – ›Jeder Doktor sollte das sein – ein wenig‹, gab der originelle Kauz unbeirrt zurück. ›Ich habe da eine kleine Theorie, die ihr Herren, die ihr dort hinausgeht, mir zu beweisen helfen müßt. Das ist mein Anteil an den Vorteilen, die mein Land aus dem Besitz so herrlicher Ländereien ziehen soll. Den bloßen Wohlstand überlasse ich anderen. Entschuldigen Sie meine Fragen, aber Sie sind der erste Engländer, den ich beobachten kann...‹ Ich beeilte mich, ihm zu versichern, daß ich in keiner Weise typisch wäre. ›Wäre ich das‹, meinte ich, ›dann unterhielte ich mich nicht so mit Ihnen‹. – ›Was Sie sagen, ist recht tiefsinnig und wahrscheinlich auch falsch‹, meinte er lachend. Vermeiden Sie jede Erregung mehr noch als grelle Sonne. *Adieu*! Wie sagt ihr Engländer? *Good-bye.* Ach ja, *good-bye. Adieu.* In den Tropen muß man vor allem anderen Ruhe bewahren...‹ Er hob warnend den Zeigefinger › *Du calme, du calme. Adieu.*‹

Es blieb noch eines zu tun: meiner ausgezeichneten Tante Lebewohl zu sagen. Ich fand sie frohlockend. Sie bot mir eine Tasse Tee an die letzte anständige Tasse Tee für viele Tage – in einem Zimmer, das äußerst ansprechend, gerade so aussah, wie man es vom Wohnzimmer einer Dame gerne erwartet, hatten wir am Feuer einen guten, langen Plausch. Im Laufe dieser Herzensergüsse wurde es mir offenbar, daß ich der Gemahlin des hohen Würdenträgers und Gott weiß wie vielen Leuten sonst noch als ein begnadeter Ausnahmemensch dargestellt worden war, geradezu als ein Haupttreffer für die Gesellschaft, als ein Mann kurzum, wie er einem nicht alle Tage in die Finger läuft. Großer Gott im Himmel! Und dabei sollte ich den Befehl über einen Fünf-Pfennig-Flußdampfer übernehmen, mit einem Kinderpfeifchen daran. Darüber hinaus sollte ich scheinbar auch noch ein Arbeiter sein, ihr versteht mich schon, vom Schlage der Arbeiter im Weinberge, und etwas wie ein Sendbote des Lichts. Nicht viel weniger als ein Apostel. Gerade damals war eine Unmenge solchen Zeugs in Druck und Rede losgelassen worden, und die ausgezeichnete Frau hatte mitten im Strom des sie umgebenden Unsinns den Boden unter den Füßen verloren. Sie sprach davon, man müßte ›die unwissenden Millionen von ihren schlimmen Wegen abbringen‹, bis mir, Hand aufs Herz, ganz ungemütlich wurde. Ich wagte eine Andeutung, daß die Gesellschaft ein rein geschäftliches Unternehmen sei.

›Du vergißt, lieber Charlie, daß der Arbeiter seines Lohnes wert ist‹, erwiderte sie strahlend. Es ist merkwürdig, wie weit entfernt die Frauen von der Wahrheit sind. Sie leben in einer Welt ihrer eigenen Schöpfung, dergleichen es nie gegeben hat und auch nie geben kann. Denn diese Welt wäre zu schön, und wollten sie sie wirklich in den Raum stellen, so würde sie vor dem ersten Sonnenuntergang in Stücke gehen. Die eine oder die andere der verwünschten Tatsachen, die wir Männer vom Tage der Schöpfung an ruhig in den Kauf genommen haben, würde aufstehen und alles umstürzen.

Daraufhin wurde ich umarmt, gebeten, Flanell zu tragen, ganz bestimmt oft zu schreiben und so weiter; dann ging ich. In der Straße ich weiß nicht, warum – überkam mich das peinliche Gefühl, ich sei ein Hochstapler. Merkwürdig genug war es, daß ich, der ich doch sonst gewohnt war, innerhalb einer Frist von vierundzwanzig Stunden nach jedem beliebigen Punkt der Welt aufzubrechen, ohne mehr Hemmungen als andere Leute sie beim Überqueren einer Straße empfinden – daß also ich vor dieser doch recht alltäglichen Geschichte nicht gerade zauderte, aber doch ein gewisses Unbehagen empfand. Ich kann es euch nicht besser erklären, als indem ich sage, ich hatte ein oder zwei Sekunden lang das Gefühl, daß ich nicht ins Innere eines Kontinents, sondern geradezu ins Erdinnere aufbrechen sollte.

Ich reiste auf einem französischen Dampfer, der jeden gesegneten Hafen anlief, den sie dort draußen haben, und zwar, soviel ich sehen konnte, zu dem einzigen Zweck, um Soldaten und Zollbeamte zu landen. Ich betrachtete die Küste. Eine Küste betrachten, wie sie am Schiff vorbeigleitet, kommt dem Nachdenken über ein Rätsel gleich. Da liegt sie vor euch – lachend, drohend, einladend, großartig oder langweilig, häßlich, wild vielleicht, immer stumm, und doch leise lockend: ›Komm und sieh selbst.‹ Die Küste dort war fast ohne Merkmal, als wäre sie noch im Wachsen, und wirkte eintönig, öde. Der Rand eines ungeheuren Dschungels von so dunklem Grün, daß es fast schwarz aussah, und von einem Streifen weißer Brandung umsäumt, lief kerzengerade, wie mit dem Lineal gezogen, weit, weit einem grellblauen Meer entlang, dessen Glitzern ein kriechender Dunst verschleierte. Die Sonne war unerbittlich, das Land schien von Wasserdampf zu triefen. Da und dort tauchten grauweiße Flecken auf, jenseits des Brandungsstreifens zusammengedrängt, mit einer wehenden Flagge darüber. Ansiedlungen, die vielleicht einige Jahrhunderte alt waren und doch auf dem ungeheuren Hintergrund kaum größer als Stecknadelköpfe wirkten. Wir stampften dahin, hielten an, landeten Truppen; fuhren weiter, landeten Beamte, die Zoll einheben sollten, in einem Landstrich, der eine gottverlassene Wildnis schien, mit einem Wellblechdach und einer Flaggenstange darin; landeten Truppen – wohl um die Zollwächter zu schützen. Wie ich hörte, ertranken einige davon in der Brandung, – doch ob so oder so, niemand schien sich sonderlich darum zu kümmern. Die Leute wurden einfach ausgesetzt, und wir fuhren weiter. Alle Tage sah die Küste gleich aus, als hätten wir uns nicht vom Fleck gerührt; doch kamen wir an mancherlei Orten vorbei, Handelsniederlassungen – mit Namen wie Groß-Bassam, Klein-Popo, Namen, wie aus einer schmutzigen Posse entlehnt, die vor einem düsteren Vorhang in Szene ging. Die träge Muße eines Passagiers, meine Einsamkeit unter all den Leuten, mit denen ich keinerlei Berührungspunkte hatte, die völlig langweilige See, das eintönige Dunkel der Küste schienen mich weitab von der wirklichen Welt in einer schwermütigen und sinnlosen Selbsttäuschung gefangenzuhalten. Die Stimme der Brandung, die ich dann und wann hörte, war mir eine rechte Freude, wie die Rede eines Bruders. Sie war etwas Natürliches, das seinen Grund und seinen Sinn hatte. Dann und wann gab einem ein Boot vom Ufer her eine kurzwährende Berührung mit der Wirklichkeit. Es wurde von schwarzen Kerlen gerudert, und man konnte schon von weitem das Weiß in ihren Augen blitzen sehen. Sie brüllten und sangen. Ihre Leiber waren überströmt von Schweiß, ihre Gesichter waren wie groteske Masken; doch hatten sie Knochen und Muskeln, eine wilde Lebenskraft, eine ungeheure Bewegungsenergie, das alles wirkte so natürlich und wahr wie die Brandung längs der Küste. Sie brauchten keine Entschuldigung für ihr Dasein. Es war ein großer Trost, sie anzusehen. Für eine Zeitlang hatte ich dann wieder das Gefühl, in einer Welt kerniger Tatsachen zu leben; doch das Gefühl hielt nicht lange an. Irgend etwas tauchte plötzlich auf und verscheuchte es. Einmal, erinnere ich mich, kamen wir an ein Kriegsschiff, das weitab der Küste vor Anker lag. Es war nicht einmal eine Niederlassung zu sehen, und der Panzerkreuzer beschoß den Urwald. Es ergab sich, daß die Franzosen an dieser Stelle gerade einen ihrer Kriege im Gange hatten. Die Flagge hing schlaff wie ein Fetzen am Toppmast. Die Mündungen der langen Acht-Zoll-Geschütze standen ringsherum über den niedrigen Rumpf hinaus; die träge, ölige Dünung hob und senkte das Schiff langsam und ließ die dünnen Masten schwanken. In der leeren Unendlichkeit von Land, Himmel und Wasser lag der Kreuzer da, unverständlich, und feuerte in einen Erdteil hinein. Bumm, ging eines der achtzölligen Geschütze los; eine schmale Stichflamme blitzte auf und verging, ein weißes Rauchwölkchen verwehte, ein schlankes Geschoß heulte kurz auf – und nichts geschah. Nichts konnte geschehen. Es lag etwas wie Irrsinn in dem Beginnen, eine fürchterliche Komik in dem Anblick; und es wurde nicht besser, als jemand an Bord mir ernsthaft versicherte, irgendwo, außer Sicht, befände sich ein Lager der Eingeborenen. Er nannte sie Feinde!

Wir übergaben dem Kreuzer seine Post (ich hörte, daß die Leute auf dem einsamen Schiff zu zwei und drei am Tage an Fieber starben) und fuhren weiter. Wir liefen noch einige Orte mit lächerlichen Namen an, wo der Brauttanz von Tod und Geschäft in einer reglosen, erdigen Luft, wie der einer überhitzten Katakombe, vor sich geht. Immer weiter entlang der gegliederten Küste mit ihrem Saum von gefährlicher Brandung, als hätte die Natur selbst Eindringlinge fernhalten wollen, hinein und heraus aus Flüssen, die vom Tod ins Leben strömten, deren Ufer fauliger Morast bildete, deren Wasser zu Schlamm verdickt waren; verkrümmte Mangroven ragten daraus hervor, die uns wie im Übermaß hilfloser Verzweiflung anzuflehen schienen. Wir hielten nirgends lange genug, um tiefere Eindrücke gewinnen zu können, doch ein zielloses, bedrückendes Staunen erfüllte mich mehr und mehr. Es war wie ein müdes Wandern auf Spuren böser Träume.

Mehr als dreißig Tage vergingen, bevor ich die Mündung des großen Stromes erblickte. Wir gingen vor dem Sitz der Regierung vor Anker. Meine Arbeit aber sollte erst etwa zweihundert Meilen weiter stromaufwärts beginnen. So machte ich mich also, so schnell es ging, nach einem Ort dreißig Meilen weiter oben auf den Weg.

Ich fuhr auf einem kleinen seetüchtigen Dampfer. Der Kapitän war ein Schwede und lud mich, da er mich als Seemann erkannte, auf die Brücke ein. Er war ein junger Mann, schlank, blond und mürrisch, mit schlichtem Haar und schleppendem Gang. Als wir den elenden kleinen Landungssteg verließen, deutete er mit dem Kopf verächtlich nach dem Ufer. „Waren Sie dort gewesen?" fragte er. Ich bejahte. „Feine Gesellschaft, diese Herren von der Regierung, nicht?" fuhr er fort und sprach sein Englisch mit großer Genauigkeit und erheblicher Verbitterung. „Es ist lustig, zu sehen, was manche Leute für ein paar Franken im Monat zu tun imstande sind. Ich möchte wohl wissen, was aus den Burschen wird, wenn sie ins Innere kommen." – Ich sagte, daß ich das bald selbst zu sehen hoffte. „Soo!" rief er aus. Er schlurfte beiseite, spähte aber dabei mit einem Auge wachsam voraus. „Seien Sie nicht allzu sicher", meinte er. „Letzthin habe ich einen Mann an Bord gehabt, der sich dann unterwegs aufgehängt hat. Es war noch dazu ein Schwede." – „Sich aufgehängt hat? Warum, um Gottes willen?" rief ich. Er spähte immer noch scharf voraus. „Wer weiß das? Vielleicht ist ihm die Sonne zuviel geworden, oder das Land."

Schließlich liefen wir in eine freie Stromstrecke ein. Eine Felsenklippe tauchte auf, aufgewühlte Erdhaufen am Ufer, ein paar Häuser auf einem Hügel, andere, mit Blechdächern, inmitten einer Wildnis von Ausgrabungen, oder schräg an den Hängen klebend. Der anhaltende Lärm der Stromschnellen weiter oben begleitete dieses Bild unbewohnter Verwüstung. Ein paar Leute, meist schwarz und nackt, krochen wie Ameisen umher. Ein Quai ragte in den Fluß hinein. Der blendende Sonnenschein ertränkte von Zeit zu Zeit alles in einem jähen Aufwallen von Licht. „Da ist die Station Ihrer Gesellschaft", sagte der Schwede und wies auf drei hölzerne, barackenartige Gebäude an dem felsigen Hang. „Ich will Ihre Sachen hinauf schicken; vier Kisten, sagten Sie? So. Leben Sie wohl!"

Ich kam an einem Kessel vorbei, der im Grase lag, und fand dann einen Fußpfad, der den Hügel hinanführte, in einem Bogen um die Felsblöcke herum und desgleichen um eine kleine Bahnlore, die, umgekehrt, mit den Rädern in der Luft dalag. Ein Rad fehlte. Das Ding sah tot aus wie ein Tierkadaver. Ich kam noch an einigen verrotteten Maschinenteilen vorüber, auch an einem Haufen rostiger Schienen. Zur Linken bot eine Gruppe von Bäumen ein wenig Schatten, und schwarze Gestalten schienen sich langsam darin zu bewegen. Ich blinzelte hinüber; der Weg war steil. Rechts ertönte ein Hornsignal, und ich sah die Schwarzen davonrennen. Eine schwere und dumpfe Detonation erschütterte den Grund, eine Rauchwolke kam aus der Klippe heraus, und das war alles. Keine Veränderung zeigte sich an der Oberfläche des Felsens. Sie waren dabei, eine Eisenbahn zu bauen. Die Klippe war nicht im Wege, noch sonst etwas; aber diese ziellose Schießerei war die ganze Arbeit, die überhaupt getan wurde.

Ein leises Klirren hinter mir ließ mich den Kopf wenden. Sechs Schwarze kamen hintereinander daher und keuchten den Pfad herauf. Sie gingen gerade und langsam, trugen kleine Körbe mit

Erde auf den Köpfen, und das Klirren hielt mit ihren Schritten Gleichmaß. Schwarze Fetzen waren um ihre Lenden gewickelt, und die kurzen Enden wippten hinter ihnen her wie Schwänze. Ich konnte jede Rippe sehen, ihre Gelenke waren wie Knoten in einem Tau; jeder trug ein eisernes Halsband, und sie alle waren untereinander mit einer Kette verbunden, deren Glieder gleichmäßig klirrend zwischen ihnen niederhingen. Ein neuer Schuß von der Klippe her ließ mich plötzlich an das Kriegsschiff denken, das ich in einen Erdteil hineinfeuern gesehen hatte. Es war der gleiche schicksalsschwere Ton; nur konnten diese Menschen hier beim besten Willen nicht als Feinde bezeichnet werden. Sie wurden Verbrecher genannt, und das verletzte Gesetz war ebenso wie die platzenden Schrapnells von jenseits des Meeres als ein unfaßbares Geheimnis zu ihnen gekommen. Alle die mageren Brustkasten keuchten zusammen, die heftig geblähten Nüstern zitterten, die Augen stierten krampfhaft nach oben. Sie gingen haarscharf an mir vorbei, ohne einen Blick, mit der völlig apathischen Gleichgültigkeit unglücklicher Wilder. Hinter dem Häuflein Elend kam einer der Bekehrten, die Frucht der neuen Kräfte, die am Werke waren, nachlässig einhergeschlendert und hielt ein Gewehr an der Laufmitte. Er trug eine Uniformjacke, an der ein Knopf fehlte und schulterte, als er einen weißen Mann am Wege sah, hastig seine Waffe. Das war einfache Vorsicht, da auf eine gewisse Entfernung die weißen Männer einander so ähnlich sind, daß er nicht wissen konnte, wer ich war. Er vergewisserte sich alsbald und schien mich mit einem breiten, zähneblitzenden, schuftigen Grinsen und einem Blick auf seine Schutzbefohlenen als Genossen seiner schönen Überzeugung begrüßen zu wollen. Im Grunde genommen hatte ich ja auch meinen Anteil an der heiligen Sache und den erhabenen und gerechten Vorgängen.

Anstatt weiter hinaufzugehen, wandte ich mich um und ging nach links wieder hinunter. Ich wollte die Gruppe von Gefesselten außer Sicht kommen lassen, bevor ich den Hügel erstieg. Ihr wißt ja, daß ich nicht besonders zart besaitet bin. Ich habe Schläge austeilen und abwehren müssen. Ich habe Widerstand leisten und manchmal auch angreifen müssen – was ja eine Art des Widerstandes ist –, ohne allzu genau nach dem Preis zu fragen, nur den Anforderungen der Lebensweise entsprechend, die ich mir erwählt hatte. Ich habe manch einen Teufel an Gewalttätigkeit, Habsucht und heißer Gier gesehen, aber bei allen Himmeln, das waren starke, frische, rotäugige Teufel, die ihre Leute – Männer, sage ich euch – richtig schüttelten und herumjagten. Während ich aber auf dem Hügelhang stand, sah ich voraus, daß ich in dem blendenden Sonnenschein dieses Landes die Bekanntschaft des schlappen, anmaßenden, zwinkernden Teufels einer verrückten und unbarmherzigen Gier machen würde. Wie heimtückisch er überdies noch sein konnte, das sollte ich erst einige Monate später und rund tausend Meilen weiter weg erfahren. Im Augenblick stand ich bestürzt da wie vor einer Warnung. Schließlich ging ich den Hügel hinunter, schräg auf die Bäume zu, die ich gesehen hatte.

Ich wich einem großen künstlichen Loch aus, das jemand in den Hang gegraben hatte, dessen Zweck aber nicht zu erraten war. Es war weder ein Steinbruch, noch eine Sandgrube, soviel stand fest. Einfach ein Loch. Seine Entstehung konnte vielleicht mit dem menschenfreundlichen Wunsch in Verbindung sein, den Verbrechern etwas zu tun zu geben. Ich weiß es nicht. Dann stürzte ich beinahe in eine ganz enge Schlucht, die kaum mehr war als eine Hiebwunde im Hügel. Ich entdeckte, daß eine Unmenge für die Ansiedlung eingeführter Drainageröhren darin aufgehäuft worden waren. Nicht eine davon war unzerbrochen. Als hätte sich jemand einen Scherz daraus gemacht. Endlich kam ich unter die Bäume. Meine Absicht war, im Schatten ein wenig zu verweilen; doch kaum war ich dort, so schien es mir schon, als wäre ich in die Düsternis irgendeines Inferno geraten. Die Stromschnellen waren nahe, und ein ununterbrochenes, eintöniges, betäubendes Geräusch erfüllte die trübe Stille des Haines, wo kein Atemzug zu hören war, kein Blatt sich rührte, mit einem geheimnisvollen Laut – als wäre das Dahinsausen des Erdballs durch den Raum plötzlich hörbar geworden.

Schwarze Gestalten kauerten, lagen, saßen zwischen den Bäumen, lehnten sich gegen die Stämme, klammerten sich an die Erde, halb in dem trüben Licht, halb im Schatten verborgen, in allen Stellungen des Schmerzes, der Auflösung und Verzweiflung. Wieder erdröhnte ein Sprengschuß von der Klippe her, von einem leichten Erzittern des Bodens unter meinen Füßen gefolgt. Die Arbeit ging ihren Gang. Die Arbeit! Und dies war der Ort, an den sich einige der Helfer zurückgezogen hatten, um zu sterben.

Sie starben langsam – das war klar. Sie waren keine Feinde, sie waren keine Verbrecher, sie waren nun nichts Irdisches mehr – nichts als schwarze Schatten, krank und verhungert, die durcheinander in dem grünen Dämmern lagen. Man hatte sie aus allen Winkeln der Küste auf Grund gesetzlich einwandfreier Arbeitsverträge zusammengeholt; verloren in der ungewohnten Umgebung, auf ungewohnte Nahrung gesetzt, siechten sie dahin, wurden untauglich und erhielten schließlich die Erlaubnis, beiseite zu kriechen und auszuruhen. Diese sterbenden Gestalten waren frei wie die Luft – und fast auch so dünn. Ich begann das Glitzern von Augen unter den Bäumen wahrzunehmen. Dann entdeckte ich beim Niederblicken ein Gesicht nahe an meiner Hand. Die schwarzen Gebeine lehnten der Länge nach mit einer Schulter gegen einen Baum, die Augenlider hoben sich langsam, und die eingefallenen Augen sahen zu mir auf, riesengroß und leer, mit einem blinden, weißlichen Flackern in den Tiefen der Augäpfel, das langsam erstarb. Der Mann schien jung, fast ein Knabe, – aber ihr wißt ja, wie schwer es bei den Leuten zu sagen ist. Mir fiel nichts anderes ein, als ihm einen der guten schwedischen Schiffszwiebacke anzubieten, die ich noch in der Tasche hatte. Die Finger schlossen sich langsam darum und hielten fest – es erfolgte keine andere Bewegung, kein anderer Blick. Er hatte sich ein Stück weißes Dochtgarn um den Hals gebunden. Warum? Wo hatte er es her? War es ein Abzeichen – ein Schmuck – ein Amulett – ein Talisman? Hatte es überhaupt besondere Bedeutung; Es sah überraschend genug an dem schwarzen Hals aus, das kleine Stück weißen Fadens von jenseits der See.

Nahe bei dem gleichen Baum hockten noch zwei scharfkantige Menschenbündel auf hochgezogenen Beinen. Der eine hielt das Kinn auf die Knie gestützt und starrte ins Leere, in einer unerträglichen, quälenden Art; sein Unglücksgefährte stützte sich die Stirn wie in übergroßer Müdigkeit, und ringsherum lagen andere in allen Stellungen jähen Zusammenbruchs, wie auf der Abbildung eines Massenmordes oder einer Pest. Während ich starr vor Entsetzen davorstand, erhob sich eines der Geschöpfe auf Hände und Knie und kroch auf allen vieren zum Fluß, um zu trinken. Es schlabbte aus freier Hand, setzte sich dann im

Sonnenlicht auf, kreuzte die Schienbeine und ließ nach einer Zeit den Wollkopf auf das Brusthein niedersinken.

Ich hatte keine Lust mehr, im Schatten zu verweilen, und ging hastig der Station zu. In der Nähe der Gebäude traf ich einen Weißen von so unerwarteter Eleganz, daß ich ihn im ersten Augenblick für eine Erscheinung hielt. Ich bemerkte einen hohen, gestärkten Kragen, weiße Manschetten, eine Jacke aus leichtem Wollstoff, schneeweiße Beinkleider, einen lichten Selbstbinder und Lackschuhe. Keinen Hut. Das Haar gescheitelt, gebürstet, geölt, unter einem grüngestreiften Sonnenschirm, den eine große, weiße Hand hielt. Er wirkte einfach verblüffend und trug einen Federhalter hinter dem Ohr.

Ich wechselte mit dem Gotteswunder einen Händedruck und erfuhr, daß er der Oberbuchhalter der Gesellschaft sei und daß die gesamte Buchhaltung auf dieser Station erfolge. Er sei, so sagte er, für einen Augenblick herausgegangen, ›um ein wenig frische Luft zu schnappen.‹ Der Ausdruck mit seinem Hinweis auf einen Stubenhockerberuf klang wunderlich genug. Ich hätte den Burschen vor euch gar nicht erwähnt, hätte ich nicht von seinen Lippen zuerst den Namen des Mannes gehört, der für mich mit den Erinnerungen an jene Zeit unlöslich verbunden ist. Überdies empfand ich auch Hochachtung vor dem Menschen. Jawohl, ich achtete seinen Kragen, seine breiten Manschetten, sein gebürstetes Haar. Gewiß sah er wie die Probierpuppe eines Haarkünstlers aus, aber er hielt doch in der allgemeinen Verwahrlosung des Landes auf sein Äußeres. Das nennt man Rückgrat. Sein gestärkter Kragen und die gut gebügelte Hemdbrust waren Energieleistungen. Er war schon seit fast drei Jahren draußen; und später einmal konnte ich nicht umhin, ihn zu fragen, wie er es fertigbrachte, so gutgepflegte Wäsche zu haben. Er errötete ein ganz klein wenig und sagte bescheiden: ›Ich habe mir eines der eingeborenen Weiber von der Station abgerichtet. Es war nicht leicht. Sie hatte eine Abneigung gegen die Arbeit.‹ So hatte also dieser Mann tatsächlich etwas fertiggebracht. Auch hatte er eine Leidenschaft für seine Bücher, die in peinlichster Ordnung waren.

Alles andere in der Station war ein großer Wirrwarr – Köpfe, Dinge, Gebäude. Scharen von staubigen Negern mit schwieligen Füßen kamen an und gingen weg; ein Strom von Waren, elendes Baumwollzeug, Glasperlen und Kupferdraht ergoß sich in die Tiefen der Finsternis, und von dort sickerte Elfenbein in die Station herein. Ich mußte in der Station zehn Tage warten – eine Ewigkeit. Ich lebte in einer Hütte im Garten, um aber dem Chaos zu entrinnen, flüchtete ich mich manchmal in das Kontor des Buchhalters. Es war aus waagrechten Brettern erbaut und so schlecht zusammengefügt, daß er, wenn er sich über seinen hohen Tisch beugte, von Kopf bis Fuß von schmalen Sonnenstreifen übersät war. Es war unnötig, den großen Fensterladen aufzumachen, wenn man sehen wollte. Auch war es dort heiß; große Fliegen surrten feindselig und stachen nicht nur einfach, sondern teilten Dolchstöße aus. Ich saß gewöhnlich auf dem Fußboden, während der Buchhalter tadellos gepflegt (und sogar leicht parfümiert) auf einem hohen Drehstuhl hockte und dauernd schrieb. Mitunter erhob er sich, um ein paar Schritte zu gehen. Als ein Rollbett mit einem Kranken (irgendeinem Agenten aus dem Innern) hereingeschoben wurde, zeigte er höfliche Ablehnung. ›Das Stöhnen dieses kranken Individuums lenkt meine Aufmerksamkeit ab. Und ohnedies ist es in diesem Klima unendlich schwierig, Rechenfehler zu vermeiden.‹

Eines Tages bemerkte er, ohne den Kopf zu heben: ›Im Innern werden Sie zweifellos auch Herrn Kurtz treffen!‹ Auf meine Frage, wer Herr Kurtz sei, meinte er, er sei ein ganz erstklassiger Agent; und angesichts meiner Enttäuschung über diese Auskunft fügte er langsam, während er seine Feder hinlegte, hinzu: ›Er ist eine außergewöhnliche Persönlichkeit.‹ Durch weitere Fragen brachte ich aus ihm heraus, daß Herr Kurtz augenblicklich an der Spitze einer Niederlassung stände, und zwar einer äußerst wichtigen im wahren Elfenbeinland, ›mitten im Speck‹. ›Schickt allein so viel Elfenbein herein wie alle die anderen zusammen…‹ Er machte sich wieder ans Schreiben. Dem Kranken ging es zu schlecht, als daß er noch hätte stöhnen können. Die großen Fliegen surrten ungestört.

Plötzlich gab es ein wachsendes Stimmengesumm und großes Fußgetrampel. Eine Karawane war hereingekommen. Ein wüstes Durcheinander ungefüger Laute brach jenseits der Plankenwand los. Alle die Träger sprachen auf einmal, und inmitten des Aufruhrs hörte man die klägliche Stimme des Hauptagenten, der es in Jammertönen ›aufgab‹, zum zwanzigsten Male an jenem Tage… Der Buchhalter stand langsam auf. ›Was für ein schauerlicher Lärm‹, sagte er. Er überquerte leise das Zimmer, um nach dem Kranken zu sehen, und sagte mir beim Zurückkommen: ›Er hört nichts!‹ – ›Was! tot?‹ fragte ich bestürzt. ›Nein, noch nicht‹, antwortete er mit größter Seelenruhe. Dann wies er mit einer Kopfbewegung auf das Getöse im Stationsgarten und meinte: ›Wenn man richtige Eintragungen zu machen hat, dann fängt man an, diese Wilden zu hassen – sie bis auf den Tod zu hassen.‹ Er blieb einen Augenblick nachdenklich und fuhr dann fort: ›Wenn Sie Herrn Kurtz sehen, richten Sie ihm von mir aus, daß alles hier‹ – dies mit einem Blick über den Tisch weg –

›zu aller Zufriedenheit verläuft. Ich möchte ihm nicht gerne schreiben – denn bei den Boten, die wir hier haben, weiß man nie, wer dort auf der Station den Brief in die Hände bekommt.‹ Er starrte mich eine Weile aus seinen milden, vorquellenden Augen an. ›Oh, er wird es weit, sehr weit bringen‹, begann er dann wieder. ›Er wird in nicht allzulanger Zeit in der Verwaltung sein Wörtlein mitzureden haben. Die dort oben – der Aufsichtsrat in Europa, Sie verstehen schon – haben manches mit ihm vor.‹

Er wendete sich wieder seiner Arbeit zu. Der Lärm draußen hatte aufgehört, und als ich nun hinausging, blieb ich an der Tür stehen. Mitten in dem stetigen Fliegengesumm lag der nach Europa bestimmte Agent bewußtlos, mit rotem Gesicht; der andere, über seine Bücher gebeugt, trug einwandfreie Geschäfte einwandfrei in seine Bücher ein; und fünfzig Fuß unterhalb der Schwelle konnte ich die stillen Baumwipfel des Totenhaines sehen.

Am nächsten Tag verließ ich endlich an der Spitze einer Karawane von sechzig Mann die Station, zu einem Marsch von zwanzig Meilen.

Es hat keinen Wert, euch viel davon zu erzählen. Pfade, Pfade überall. Ein festgetretenes Netzwerk von Fußpfaden, das sich über das unbewohnte Land breitete, durch hohes Gras, durch verbranntes Gras, durch Dickicht, durch kühle Schluchten hinauf und hinunter, hinauf und hinunter über felsige Hügel, die vor Hitze kochten; und Einsamkeit, Einsamkeit, niemand, nicht eine Hütte. Die Bevölkerung war längst ausgewandert. Nun, wenn eine Schar geheimnisvoller Neger, mit allerlei fürchterlichen Waffen behängt, es sich plötzlich einfallen ließe, auf der Straße zwischen Deal und Gravesend hin und her zu reisen und die Burschen links und rechts einzufangen, um sie schwere Lasten tragen zu lassen, so wäre wohl, denke ich mir, jedes Bauernhaus und jedes Dorf in der Gegend sehr schnell leer. Nur waren hier auch die Wohnungen dazu verschwunden. Ich kam zwar noch durch einige verlassene Dörfer. Es liegt etwas ergreifend Kindliches über Ruinen von Graswänden. Tagelang ging es weiter, mit dem Stampfen und Scharren von sechzig Paaren nackter Füße hinter mir, jedes Paar unter einer Sechzig-Pfund-Ladung. Lagern, kochen, schlafen, Lager abbrechen, marschieren. Da und dort ein Träger tot im Geschirr, der im langen Gras am Wege ruhte, eine leere Wasserflasche und seinen langen Stab neben sich. Große Stille ringsum und über uns. Nur in einer ruhigen Nacht vielleicht einmal das Dröhnen großer Trommeln, weit weg, abschwellend, anschwellend, ein dumpfer, ferner Laut, unheimlich, packend, wild – und vielleicht von ebenso tiefer Bedeutung wie die Glockenklänge in einem christlichen Lande. Einmal auch ein weißer Mann in aufgeknöpfter Uniform, der längs des Weges inmitten einer bewaffneten Eskorte schlanker Sansibarer lagerte, äußerst gastlich und festesfroh – um nicht zu sagen betrunken. Er sei dabei, die Instandhaltung der Straße zu beaufsichtigen. Ich kann nicht sagen, daß ich irgend etwas von Instandhaltung gesehen hätte, es sei denn, der Leichnam eines älteren Negers mit einem Kugelloch in der Stirn, über den ich etwa drei Meilen weiter weg geradezu stolperte, hätte als bleibende Verbesserung zu gelten. Ich hatte auch einen weißen Gefährten, keinen üblen Menschen soweit, doch etwas zu fleischig, und mit der niederträchtigen Gewohnheit, auf den heißen Hügelhängen in Ohnmacht zu fallen, meilenweit weg von dem kleinsten bißchen Schatten und Wasser. Es ist recht langweilig, müßt ihr wissen, den eigenen Rock wie einen Sonnenschirm über eines Mannes

Haupt halten zu müssen, während er langsam wieder zu sich kommt. Einmal konnte ich mich nicht enthalten, ihn zu fragen, was er sich gedacht habe, als er hier herausgekommen sei. ›Um Geld zu machen, natürlich, was denn sonst?‹ gab er geringschätzig zurück. Dann bekam er Fieber und mußte in einer Hängematte getragen werden, die an eine Stange gehängt war. Da er fast zwei Zentner wog, so kam ich aus dem Ärger mit den Trägern nicht heraus. Sie wurden störrisch, rannten davon, rissen mit ihrer Ladung während der Nacht aus – eine förmliche Meuterei. So hielt ich eines Abends eine Ansprache, auf englisch, von Gebärden begleitet, von denen keine den sechzig Augenpaaren vor mir entging, und setzte am nächsten Morgen die Hängematte an der Spitze in Marsch. Eine Stunde später stieß ich auf das ganze Zeug, das verknäuelt im Gebüsch lag – den Mann, die Hängematte, die Decke, Wehgeschrei und allerhand Grausen. Die schwere Tragstange hatte ihm die Nase zerschunden. Er drang heftig in mich, ich sollte jemand umbringen, doch war weit und breit nicht der Schatten eines Trägers zu sehen. Mir fiel der alte Doktor ein: ›Es wäre für die Wissenschaft wünschenswert, an Ort und Stelle die seelischen Veränderungen in den Leuten beobachten zu können.‹ Ich fühlte, wie ich langsam für die Wissenschaft interessant wurde. Aber das alles hat ja keinen Zweck. Am fünfzehnten Tage bekam ich wieder den großen Strom in Sicht und hinkte in die Hauptstation. Sie war an einem Nebenarm angelegt und von Busch und Wald umgeben, mit einem netten Gürtel übelriechenden Morastes auf einer Seite und auf den drei anderen von einem wackeligen Schilfzaun umschlossen. Als Eingangstor diente eine Art Bresche, und der erste Blick auf das Ganze zeigte zur Genüge, daß die unerhörteste Schlamperei herrschte. Weiße Männer mit langen Stöcken in den

Händen tauchten träge zwischen den Gebäuden auf, schlenderten her, um einen Blick auf mich zu werfen und verzogen sich dann wieder irgendwohin. Einer von ihnen, ein stämmiger, jähzorniger Mensch mit schwarzem Schnurrbart, teilte mir, sobald ich mich ihm vorgestellt hatte, mit großer Zungenfertigkeit mit, daß mein Dampfer auf dem Grunde des Flusses liege. Ich war wie vom Donner gerührt. ›Was, wieso, warum?‹ – ›Oh, es war all right‹, der Manager in Person sei dabeigewesen. Alles in Ordnung, jedermann hat sich großartig benommen. Großartig! Sie müssen‹, sagte er mir aufgeregt, ›sofort den Direktor aufsuchen, er erwartet Sie!‹

Damals sah ich die tatsächliche Bedeutung dieses Schiffbruchs nicht sofort ein. Heute glaube ich sie zu sehen, bin dessen aber durchaus nicht recht sicher – durchaus nicht. Sicherlich war die ganze Geschichte, wenn ich sie heute nochmals überlege, zu dumm, als daß dabei alles ganz natürlich hätte zugehen können. Gut ... Damals aber, im ersten Augenblick, stellte es sich einfach als niederträchtiges Pech dar. Der Dampfer war gesunken. Sie waren zwei Tage zuvor in plötzlicher Hast mit dem Direktor an Bord stromaufwärts losgefahren, unter dem Kommando irgendeines freiwilligen Kapitäns, der, bevor sie noch drei Stunden weit gefahren waren, dem Schiff auf dem steinigen Grund den Boden eingedrückt hatte, so daß es nahe dem Südufer gesunken war. Ich fragte mich, was ich da zu suchen hatte, da doch mein Schiff verloren war. Tatsächlich hatte ich Arbeit in Fülle, um mein Boot aus dem Fluß herauszufischen. Ich mußte mich sofort am nächsten Tage daranmachen. Das und die Ausbesserung, als ich endlich die Stücke in die Station gebracht hatte, nahm mehrere Monate in Anspruch.

Meine erste Unterredung mit dem Direktor war merkwürdig. Er bot mir nach meinem Morgenmarsch von zwanzig Meilen keinen Platz an. Seine Gesichtsfarbe war so alltäglich wie seine Züge, sein Benehmen und seine Stimme. Er war mittelgroß und durchaus gewöhnlich gebaut. Seine Augen, vom üblichen Blau, waren vielleicht bemerkenswert durch ihre Kälte, und tatsächlich konnte er seinen Blick schneidend und schwer wie einen Axthieb auf einem ruhen lassen. Doch selbst dann schien der Rest seiner Persönlichkeit die Absicht Lügen zu strafen. Im übrigen war da noch ein unbeschreiblich flüchtiger Ausdruck auf seinen Lippen, etwas Verstohlenes – ein Lächeln – kein Lächeln – ich sehe es noch vor mir, kann es aber nicht beschreiben. Es war augenscheinlich unbewußt, dieses Lächeln, obwohl es sich nach jedem seiner Sätze für einen Augenblick verstärkte. Es stellte sich am Ende seiner Reden ein und wirkte wie ein Siegel, das den Worten aufgedrückt wurde, um den Sinn noch des alltäglichsten Satzes unergründlich erscheinen zu lassen. Er war ein gewöhnlicher Händler, der von Jugend an in diesen Gegenden gearbeitet hatte – nichts weiter. Man gehorchte ihm, doch flößte er weder Liebe noch Furcht ein, nicht einmal Achtung. Unbehagen war es, was er einflößte. Das war es, Unbehagen. Nicht ausgesprochenes Mißtrauen nur Unbehagen. Nicht mehr. Ihr macht euch keine Vorstellung, wie wirksam eine solche... Fähigkeit sein kann. Ihm fehlte die Gabe, aus sich heraus etwas zu schaffen, Anordnungen zu geben oder auch nur, Vorhandenes in Ordnung zu halten. Das zeigte sich unter anderem zur Genüge in dem trostlosen Zustand der Station. Er hatte keine Vorbildung, keine Intelligenz. Auf seinen Posten war er gekommen – wodurch? Vielleicht, weil er niemals krank war... Er hatte dort draußen drei Dreijahrsfristen abgedient... Denn strotzende

Gesundheit inmitten allgemeinen körperlichen Verfalls bildet in sich selbst eine Art Macht. Wenn er auf Urlaub heimging, dann lebte er auf großem Fuß, in Saus und Braus, wie irgendein Matrose auf Landurlaub – der Unterschied lag nur im rein Äußerlichen. Das konnte man aus seinen gelegentlichen Bemerkungen entnehmen. Er schuf nichts, er konnte einfach nur die Arbeit in Gang halten. Sonst nichts. Doch er war groß. Er war groß infolge der einen Kleinigkeit, daß es unmöglich zu sagen war, was über einen solchen Mann Gewalt haben konnte. Dieses Geheimnis gab er nie aus der Hand. Vielleicht war gar nichts in ihm. Diese Vermutung mußte einen nachdenklich stimmen – denn äußere Hemmungen gab es ja dort draußen nicht. Einmal, als verschiedene Tropenkrankheiten so ziemlich jeden einzelnen ›Agenten‹ in der Station umgelegt hatten, hörte man ihn sagen: ›Leute, die hier herauskommen, sollten keine Eingeweide haben.‹ Er besiegelte den Ausspruch mit seinem gewissen Lächeln, als hätten die Worte die Tür zu einer Finsternis gebildet, die er in persönlicher Verwahrung hatte. Man konnte sich einbilden, Dinge gesehen zu haben – aber das Siegel stand davor. Als ihn bei den Mahlzeiten die ewigen Stänkereien der Weißen über den Vortritt geärgert hatten, ließ er einen ungeheuren runden Tisch machen, für den eigens ein Haus gebaut werden mußte. Das war dann der Meßraum der Station. Wo der Direktor saß, war der erste Platz – der Rest war nirgends. Man fühlte, daß dies seine unumstößliche Überzeugung war. Er war weder höflich noch unhöflich. Er war ruhig. Er erlaubte seinem Boy – einem überfütterten jungen Neger von der Küste –, vor seinen Augen den Weißen mit herausfordernder Frechheit zu begegnen. Sobald er meiner ansichtig wurde, begann er zu sprechen. Ich sei recht lange unterwegs gewesen, er habe nicht warten können. Habe ohne mich aufbrechen müssen. Die Stationen stromaufwärts hätten frisch versorgt werden müssen. Es habe bis dahin schon soviel Aufschub gegeben, daß er gar nicht mehr wisse, wer schon tot und wer noch am Leben sei, was sie alle trieben und so weiter und so weiter. Meine Erklärung beachtete er nicht, sondern wiederholte mehrmals, während er mit einer Stange Siegellack spielte, daß die Lage ›sehr, sehr ernst‹ sei. Es liefen Gerüchte um, daß eine äußerst wichtige Station in Gefahr sei und ihr Chef, Herr Kurtz, erkrankt. Er hoffe, daß es nicht wahr sei. Herr Kurtz sei… Ich fühlte mich müde und gereizt. Zum Teufel mit Kurtz, dachte ich. Ich unterbrach ihn mit der Mitteilung, daß ich von Kurtz an der Küste gehört hätte. ›Oh! So sprechen die da unten schon von ihm!‹ murmelte er vor sich hin. Dann sprach er weiter und versicherte mir, daß Herr Kurtz sein bester Agent sei, ein Ausnahmemensch, von größter Wichtigkeit für die Gesellschaft; darum würde ich wohl seine Sorge begreifen können. Er war, wie er mir sagte, ›sehr, sehr besorgt!‹, zerbrach die Stange Siegellack und schien über diesen Zwischenfall wie vom Donner gerührt. Als nächstes wünschte er zu wissen, wieviel Zeit es wohl brauchen würde, um… Ich unterbrach ihn abermals. Da ich hungrig war, versteht ihr, und er mich stehen ließ, so wurde ich allmählich wild. ›Wie könnte ich das sagen‹, warf ich hin. ›Ich habe das Wrack noch nicht einmal gesehen – ein paar Monate zweifellos.‹ Das ganze Gerede schien mir so nichtig. ›Ein paar Monate‹, sagte er. ›Nun, sagen wir drei Monate, bevor wir wieder aufbrechen können. Ja. Das sollte für die Geschichte wohl genügen.‹ Ich rannte aus seiner Hütte hinaus (er lebte ganz allein in einer Lehmhütte mit einer Art Veranda) und murmelte dabei meine Ansicht über ihn vor mich hin. Er war ein geschwätziger Trottel. Das nahm ich später zurück, als sich mir die Erkenntnis aufdrängte, mit wie ungewöhnlicher Genauigkeit er die Zeitspanne für die ›Geschichte‹ abgeschätzt hatte.

Ich ging am nächsten Tag an die Arbeit und wandte sozusagen der Station den Rücken. Nur so erschien es mir möglich, meinen Anteil am werktätigen Leben weiter zu sichern. Immerhin muß man sich ja mitunter umsehen; und dann sah ich diese Station, diese Männer, die ziellos im Sonnenschein des Gartens herumschlenderten. Mitunter fragte ich mich, was das alles wohl bedeuten sollte. Sie wanderten da- und dorthin, mit ihren lächerlichen langen Stäben in den Händen, wie eine Schar ungläubiger Pilger in die baufällige Umzäunung gebannt. Das Wort ›Elfenbein‹ zitterte in der Luft, wurde geflüstert, wurde geseufzt. Man hätte glauben können, sie beteten es an. Ein Hauch törichter Raffsucht wehte durch all das, wie die Ausdünstung eines Kadavers. Bei Gott! Nie in meinem Leben habe ich etwas so Unwirkliches gesehen. Und die stille Wildnis außerhalb, die diesen gelichteten Erdenfleck umgab, sprach mich wie etwas unbesiegbar Großes an, wie das Böse oder die Wahrheit schlechthin, ruhig wartend, daß der verrückte Einbruch sein Ende finden möge.

Oh, diese Monate! Reden wir nicht davon! Verschiedenes ereignete sich. Eines Abends brach in einem Schilfschuppen voll Kaliko, bedrucktem Kattun, Glasperlen und ich weiß nicht, was sonst noch, ein Brand aus, und zwar so plötzlich, daß man hätte glauben können, die Erde habe sich geöffnet, um durch ein rächendes Feuer den ganzen Plunder verzehren zu lassen. Ich rauchte eben ruhig meine Pfeife neben meinem abgetakelten Dampfer und sah sie alle mit hochgeworfenen Armen vor dem Lichtschein herumtanzen, als der stämmige Mann mit dem

Schnurrbart zum Fluß heruntergesaust kam, mit einem Blechkübel in der Hand mir versicherte, daß alle sich ›großartig, großartig hielten‹, etwa einen viertel Liter Wasser schöpfte und wieder zurückrannte. Ich bemerkte auch, daß sein Eimer ein Loch im Boden hatte.

Ich schlenderte hinauf. Eile war unnötig. Das Ding war ja abgebrannt wie eine Streichholzschachtel. Hoffnungslos vom ersten Augenblick an. Die Flamme war hochgeschossen, hatte alles zurückgetrieben, alles beleuchtet – und war wieder zusammengesunken. Der Schuppen war nur noch ein Haufen glühender Asche. Nahebei wurde ein Neger geprügelt. Man sagte mir, er habe den Brand auf irgendeine Weise verschuldet; ob das nun stimmte oder nicht, jedenfalls schrie er ganz fürchterlich. Ich sah ihn später einige Tage lang in einem kleinen Schattenwinkel sitzen; er sah recht elend aus und versuchte, sich zu erholen; schließlich erhob er sich, ging weg – und die Wildnis nahm ihn lautlos wieder an ihre Brust. Als ich mich aus dem Dunkel der Glut näherte, fand ich mich plötzlich gerade hinter zwei Männern, die miteinander sprachen. Ich hörte den Namen Kurtz nennen, dann die Worte ›Vorteil aus dem unglücklichen Zufall ziehen‹. Einer der Männer war der Direktor. Ich wünschte ihm einen guten Abend. ›Haben Sie jemals so was gesehen, wie? Es ist unglaublich‹ sagte er und ging davon. Der andere blieb. Er war ein erstklassiger Agent, jung, elegant, ein wenig verschlossen, mit einem kleinen Spitzbart und einer Hakennase. Er war zurückhaltend gegen die anderen Agenten, die ihrerseits behaupteten, er sei vom Direktor bestellt, um sie zu bespitzeln. Ich selbst hatte kaum je zuvor mit ihm gesprochen. Wir kamen ins Gespräch und schlenderten allmählich von den zischenden Trümmern fort. Dann lud er mich auf sein Zimmer ein, das im

Hauptgebäude der Station lag. Er strich ein Zündholz an, und ich konnte feststellen, daß der junge Aristokrat nicht nur silbernes Toilettezeug, sondern auch eine ganze Kerze für sich allein hatte. Gerade damals wurde allgemein angenommen, daß einzig der Direktor ein Recht auf Kerzen hätte. Matten in Negerarbeit bedeckten die Lehmwände; eine Sammlung von Speeren, Assagaien, Schilden und Messern war zur Trophäe zusammengestellt. Das Amt, das diesem Burschen anvertraut war, war die Herstellung von Ziegeln – so hatte man mir gesagt; doch war nirgends in der Station das kleinste Stückchen Ziegel zu sehen, und er war länger als ein Jahr da – und wartete. Anscheinend konnte er Ziegel nicht ohne irgend etwas machen, ich weiß nicht was – Stroh vielleicht. Jedenfalls war es dort draußen nicht zu finden, und da kaum anzunehmen war, daß es aus Europa geschickt werden würde, so schien es mir nicht ganz klar, worauf er wartete. Vielleicht auf einen besonderen Schöpfungsakt. Doch warteten ja sie alle – alle die sechzehn oder zwanzig Pilger – auf irgend etwas; und auf mein Wort, nach der Art, wie sie es taten, schien es keine üble Beschäftigung, wenn auch, soviel ich sehen konnte, keinem von ihnen etwas anderes zuteil wurde, als irgendeine Krankheit. Sie schlugen die Zeit damit tot, indem sie einer gegen den anderen in der kindischsten Weise hetzten und wühlten. In der ganzen Station herrschte geradezu Verschwörerstimmung; aber natürlich kam es nie zu einem greifbaren Ergebnis. Das eine war so unwirklich wie alles andere – wie die menschenfreundlichen Vorwände des ganzen Unternehmens, wie ihr Gerede, ihre Herrschaft, ihre angebliche Arbeit. Das einzig echte Gefühl war die Sehnsucht, auf eine Faktorei im Innern zu kommen, wo Elfenbein zu holen und also auf Prozente zu rechnen war. Sie verklatschten, verleumdeten und haßten einander einzig deswegen; aber wirklich einen kleinen Finger rühren, o nein! Bei Gott – schließlich gibt es in der Welt doch eine Art Gesetz, das einem Mann erlaubt, ein Pferd zu stehlen, während ein anderer nicht einmal nach der Halfter sehen darf. Geradeswegs ein Pferd zu stehlen. Ganz recht. Er hat es getan, vielleicht kann er reiten. Aber es gibt eine Art, nach einer Halfter zu sehen, die den mitleidigsten aller Heiligen dazu bringen könnte, einfach dreinzuschlagen.

Ich hatte keine Ahnung, warum es ihm paßte, sich gesellig zu zeigen. Als wir aber in seinem Zimmer plauderten, merkte ich plötzlich, daß der Bursche etwas herausbringen und mich wirklich aushorchen wollte. Er spielte unaufhörlich auf Europa an, auf die Leute, die ich nach allgemeiner Ansicht dort kannte, fragte auch geradezu nach meinen Bekannten in der Grabesstadt, und so weiter. Seine kleinen Augen glitzerten wie Glimmerschein vor Neugierde, obwohl er sich mühte, wenigstens einen Rest von Hochmut beizubehalten. Zuerst war ich erstaunt, doch sehr bald wurde ich höchst neugierig, zu erfahren, was er eigentlich aus mir herausbringen wollte. Ich konnte mir beim besten Willen nicht vorstellen, was an mir ihm der Mühe wert scheinen mochte. Es war lustig, zu sehen, wie er sich vergeblich mühte. Denn tatsächlich hatte ich ja nichts als Fieberschauer im Leibe, und im Kopfe nichts weiter als die verteufelte Sache mit meinem Dampfer. Es war offenbar, daß er mich für einen ausgemachten Ränkeschmied hielt. Schließlich wurde er böse und gähnte, um eine Bewegung wütenden Ärgers zu verbergen. Ich erhob mich. Dann bemerkte ich eine kleine Ölskizze, auf Holz gemalt; sie stellte eine verhüllte Frau mit verbundenen Augen dar, die eine brennende Fackel trug. Der Hintergrund war dunkel, fast schwarz, die Bewegung der Frau war gemessen und die Wirkung des Fackellichtes auf dem Gesicht unheimlich.

Das ließ mich anhalten, und der Hausherr stand höflich dabei und hielt eine Champagnerflasche hoch, in deren Hals die Kerze steckte. Auf meine Frage sagte er mir, daß Herr Kurtz das gemalt habe, in ebendieser Station, vor mehr als einem Jahr, während er auf eine Gelegenheit wartete, nach seiner Faktorei abzugehen. ›Sagen Sie mir bitte‹, fragte ich, ›wer ist dieser Herr Kurtz?‹

›Der Chef der Station im Innern‹, gab der andere kurz zurück und sah weg. ›Sehr verbunden‹, sagte ich. ›Und Sie sind der Ziegelmacher der Hauptstation, jedes Kind weiß das.‹ Er schwieg eine Weile. ›Er ist ein Wunder‹, meinte er schließlich, ›ein Sendbote des Erbarmens, der Wissenschaft, des Fortschritts und weiß der Teufel sonst noch was. Wir brauchen‹, begann er plötzlich zu deklamieren, ›zur Durchführung der gerechten Sache, die uns von Europa anvertraut wurde, wenn wir so sagen wollen, höhere Intelligenz, ein weites Herz und Zielfestigkeit.‹ – ›Wer sagt das‹, fragte ich. – ›Viele von ihnen‹, sagte er. ›Manche schreiben es sogar; und so kommt er also hierher, ein besonderes Wesen, wie Sie ja wissen werden.‹ – ›Warum sollte ich das wissen‹, fiel ich ehrlich überrascht ein. Er beachtete es nicht. ›Ja, heute ist er Chef der besten Station, im nächsten Jahr wird er stellvertretender Direktor sein, nach weiteren zwei Jahren ... aber ich denke, Sie wissen ja selbst am besten, was er in zwei Jahren sein wird. Sie sind auch von dem neuen Schlage – von den Tugendhaften. Dieselben Leute, die ihn hergeschickt, haben auch Sie besonders empfohlen. Oh, sagen Sie nicht nein, ich habe es mit eigenen Augen gesehen.‹ Mir ging ein Licht auf. Die einflußreichen Bekannten meiner lieben Tante brachten auf diesen Mann eine unerwartete Wirkung hervor. Fast wäre ich in ein Gelächter ausgebrochen. ›Lesen Sie die Geheimkorrespondenz der Gesellschaft?‹ fragte ich. Er konnte nichts darauf erwidern. Es war ungeheuer lustig. ›Wenn Herr Kurtz Generaldirektor ist‹, fuhr ich streng fort, ›werden Sie keine Gelegenheit mehr dazu haben.‹

Er blies plötzlich die Kerze aus, und wir gingen hinaus. Der Mond war aufgegangen. Schwarze Gestalten gingen lautlos herum und gossen Wasser auf die zischende Glut; Dampf wallte im Mondlicht auf, der geprügelte Neger stöhnte irgendwo. ›Was für einen Lärm das Vieh macht‹, sagte der rührige Mann mit dem Schnurrbart, der neben uns auftauchte. ›Recht ist ihm geschehen. Vergehen – Strafe – Punktum! – erbarmungslos. Das ist der einzige Weg. Das wird in Zukunft alle Brände verhüten. Ich habe eben dem Direktor gesagt ....‹ Er bemerkte meinen Gefährten und wurde sofort kleinlaut. ›Noch nicht zu Bett‹, sagte er mit kriecherischer Herzlichkeit. ›Es ist so natürlich! – Gefahr – Aufregung.‹ Damit verschwand er. Ich ging zum Flußufer hinunter, und der andere folgte mir. Ich hörte ein böses Zischen an meinem Ohr. ›Diese Dummköpfe – mögen sie zum Teufel gehen!‹ Man konnte die Pilger in Gruppen zusammenstehen und mit eifrigen Gebärden sprechen sehen. Viele hatten noch ihre Stäbe in den Händen. Ich glaube wirklich, sie nahmen diese Stäbe mit ins Bett. Jenseits der Umzäunung ragte der Wald gespenstisch im Mondlicht auf, und über die leise Bewegung, die schwachen Laute des jämmerlichen Gartenplatzes weg drang einem die Stille des Landes draußen gerade ins Herz: sein Geheimnis, seine Größe, die packende Tatsächlichkeit seines verborgenen Lebens. Der geprügelte Neger stöhnte leise irgendwo in der Nähe und stieß dann einen tiefen Seufzer aus, der mich zu schleunigem

Weitergehen veranlaßte. Ich fühlte, wie sich eine Hand unter meinen Arm schob.

›Mein lieber Herr‹, sagte der Bursche, ›ich möchte nicht mißverstanden werden und besonders nicht von Ihnen, der Sie ja Herrn Kurtz sehen werden, lange bevor mir das Vergnügen beschieden sein wird. Ich möchte nicht, daß er einen falschen Begriff von meiner Sinnesart bekommt…‹

Ich ließ ihn weitermachen, diesen Mephisto aus Pappendeckel, und hatte dabei den Eindruck, daß ich, wenn ich nur wollte, meinen Zeigefinger glatt durch ihn durchstecken und dabei auf nichts als vielleicht ein wenig losen Unrat stoßen würde. Ihr seht schon, er hatte sich ausgedacht, nach und nach unter dem gegenwärtigen Manne stellvertretender Direktor zu werden, und ich konnte wohl sehen, daß die Ankunft dieses Kurtz sie beide nicht wenig beunruhigt hatte. Er sprach überstürzt, und ich machte keinen Versuch, ihm Einhalt zu tun. Ich lehnte mit den Schultern gegen das Wrack meines Dampfers, der wie der Kadaver irgendeines großen Flußtieres auf das Ufer heraufgezogen war. Der Geruch von Schlamm, von Urschlamm, bei Gott, war in meinen Nüstern, die tiefe Stille des Urwaldes breitete sich vor meinen Augen; Lichtflecke tanzten auf der schwarzen Wasserfläche. Der Mond hatte alles mit einem leisen Silberglanz überzogen – das hohe Gras, den Schlamm, die Mauern wuchernden Pflanzenwuchses, die höher als eine Tempelmauer emporragten; und auch den großen Strom selbst, den ich da und dort aufblitzen sah, während er lautlos, breit dahinfloß. All dies war groß, erwartungsvoll, stumm, während der Mann über sich selbst schwatzte. Ich fragte mich, ob die Ruhe auf dem Antlitz der Unendlichkeit, die uns anblickte, als Bitte oder als Drohung gemeint war. Wer waren wir, die wir hier eingedrungen waren? Konnten wir das ungefüge Ding handhaben oder würde es uns handhaben? Ich fühlte plötzlich, wie groß, wie unheimlich groß das Ding war, das nicht sprechen konnte und vielleicht ebensowenig hören. Was war dort drin? Ich konnte sehen, daß ein wenig Elfenbein von da herauskam, und hatte gehört, daß Herr Kurtz dort drin war. Ich hatte sogar reichlich genug davon gehört – weiß Gott! Und doch hatte ich mir noch kein rechtes Bild machen können. Nicht mehr, als hätte man mir gesagt, ein Engel oder ein Teufel sei dort drin. Ich glaubte es einfach, so wie einer von euch etwa glauben könnte, daß der Mars bewohnt ist. Ich habe einmal einen schottischen Segelmacher gekannt, der sicher, einfach totsicher wußte, daß Leute auf dem Mars wohnten. Fragte man ihn, wie sie seiner Meinung nach aussähen und sich benähmen, dann wurde er verlegen und murmelte irgend etwas von ›auf allen vieren gehen‹. Zeigte man daraufhin auch nur das leiseste Lächeln, so trug er einem, obwohl über Sechzig, einen Boxkampf an. Ich wäre natürlich nicht so weit gegangen, für Kurtz einen Kampf zu wagen, aber doch ging ich fast bis zu einer Lüge. Ihr wißt ja, daß ich jede Lüge hasse, verabscheue und unerträglich finde. Nicht etwa, weil ich geradsinniger bin als die meisten von uns, sondern einfach, weil sie mich erschreckt. Ich wittere darin einen Hauch von Tod und Verwesung – von eben dem, was ich in der Welt am meisten verabscheue und zu vergessen wünsche. Es macht mir Übelkeit, als kriegte ich etwas Verdorbenes zwischen die Zähne. Eine Temperamentsfrage, nehme ich an. Nun also, ich ging hart bis zu einer Lüge, indem ich den jungen Narren, soviel wie er nur Lust hatte, an meine Beziehungen in Europa glauben ließ. Im Handumdrehen wurde ich genauso zum Heuchler wie der Rest der Pilger. Und das alles einfach aus dem Grunde, weil ich das dunkle Gefühl hatte, als könnte es für jenen Herrn Kurtz, von dem ich mir damals noch kein Bild machen konnte, von Nutzen sein. Er war für mich nur ein Wort. Ich sah den Mann hinter dem Namen nicht besser, als ihr es tut. Seht ihr ihn? Seht ihr die Geschichte? Seht ihr irgend etwas? Mir kommt es vor, als versuchte ich euch einen Traum zu erzählen, versuchte es vergebens, denn niemals kann die Erzählung eines Traumes das Traumhafte wiedergeben. Dieses Gefühl, aus widersinniger Überraschung und bestürzter Gegenwehr gemischt, das Bewußtsein, von dem Unglaublichen gefangen zu sein, das ja das Wesentliche an allen Träumen ist ..."

Er schwieg eine Weile.

„... Nein, es ist unmöglich; es ist unmöglich, die Lebendigkeit irgendeines Abschnittes aus unserem Dasein wiederherzustellen, – das, was die Wahrheit, den Sinn und das innerste Wesen eines Erlebnisses ausmacht. Es ist unmöglich. Wir leben wie wir träumen – allein ..."

Wieder unterbrach er sich, als müßte er nachdenken, und fügte dann hinzu:

„Natürlich seht ihr in dieser Geschichte jetzt schon mehr, als ich es damals tun konnte. Ihr seht mich, den ihr ja kennt ..."

Es war so stockdunkel geworden, daß wir Zuhörer einander kaum mehr sehen konnten. Seit langem schon war Marlow, der abseits saß, für uns nur noch eine Stimme gewesen. Niemand sprach ein Wort. Die anderen mochten eingeschlafen sein, doch ich war wach. Ich lauschte, lauschte und lauerte auf die Moral, auf das letzte Wort, auf die Erklärung für das leichte Unbehagen, das mir diese Geschichte erweckte, diese Geschichte, die sich allein, ohne Menschenlippen, aus der schweren Nachtluft des Flusses zu formen schien.

„... Ja, ich ließ ihn weitermachen“, hob Marlow wieder an, „und bezüglich der Gewalten, die hinter mir standen, glauben, was er wollte. Das tat ich! Und doch war gar nichts hinter mir! Nichts, als das wracke, alte, verstümmelte Dampfboot, gegen das ich mich lehnte, während er fließend davon sprach, jeder Mann müsse ›trachten, vorwärtszukommen‹ – ›und wenn einer hier herauskommt, dann geschieht es nicht, um in den Mond zu sehen, wie Sie sich wohl denken können.‹ Herr Kurtz war ›ein Universalgenie‹, doch auch ein Genie mußte es wohl leichter finden, mit ›richtigen Werkzeugen – intelligenten Leuten‹ zu arbeiten. Er mache keine Ziegel – nun, dem stand eben ein ungewöhnliches Hindernis entgegen, wie ich mich überzeugen konnte. Und wenn er für den Manager Sekretärarbeit tat, so geschah das, weil ›kein vernünftiger Mensch unnötig das Vertrauen seiner Vorgesetzten zurückweist.‹ Ob ich das verstünde? Ich verstand es. Was ich sonst noch wünschte? Was mir wirklich fehlte, waren Nieten, bei Gott! um mit der Arbeit fortfahren, das Leck ausbessern zu können. Nieten brauchte ich. Drunten an der Küste standen Kisten voll davon. Kisten übereinandergetürmt, zerbrochen und zertrümmert. In dem Garten jener Station an dem Hügelhang stieß man bei jedem zweiten Schritt auf eine lose Niete. Nieten waren bis in den Todeshain gerollt. Man konnte sich die Taschen mit Nieten anfüllen, wenn man sich nur die Mühe nahm, sich zu bücken – hier aber, wo sie gebraucht wurden, war nicht eine einzige Niete zu finden. Wir hatten brauchbare Platten, aber nichts, um sie zu befestigen. Und jede Woche ging der Bote, ein einzelner Neger, den Postbeutel auf der Schulter und den Stab in der Hand, von der Station nach der Küste. Mehrmals in der Woche kam eine Küstenkarawane mit Tauschwaren herein. Schauerlich gestärkter Kaliko, daß einen das Schaudern ankam, wenn man ihn nur ansah, Glasperlen, von denen ein paar Hundert auf einen Penny gingen, dazu höllisch bunte baumwollene Taschentücher. Und keine Nieten. Drei Träger hätten alles bringen können, was für die Instandsetzung des Schiffes notwendig war.

Nun wurde der Bursche vertraulich, aber ich glaube, mein hartnäckiges Schweigen muß ihn schließlich außer sich gebracht haben, denn er hielt es für nötig, mir mitzuteilen, daß er weder Gott noch Teufel fürchtete, geschweige denn einen bloßen Menschen. Ich sagte, daß ich das recht gut sähe, daß aber das, was mir eigentlich fehlte, eine gewisse Anzahl von Nieten wäre – und Nieten wären es auch, die Herr Kurtz hauptsächlich wünschen würde, wenn er davon wüßte. Nun gingen ja wöchentlich Briefe zur Küste ... ›Mein lieber Herr‹, rief er, ›ich schreibe unter Diktat.‹ Ich verlangte Nieten. Da gab es einen Weg – für einen intelligenten Menschen. Er änderte den Ton; wurde ganz kühl und begann plötzlich von Flußpferden zu sprechen. Erkundigte sich auch, ob es mir nicht unheimlich sei, an Bord des Schiffes zu schlafen (ich trennte mich bei Tag und bei Nacht nicht von meiner Bergung). Es gab da ein altes Flußpferd, das die üble Gewohnheit hatte, nachts auf das Ufer herauszukommen und die Umgebung der Station abzuwandern. Die Pilger pflegten in geschlossenem Haufen herauszukommen und alle Gewehre, deren sie habhaft werden konnten, auf das Tier zu entleeren. Einige waren sogar nächtelang deswegen aufgeblieben. Doch war aller dieser Aufwand vergeblich gewesen. ›Das Vieh hat ein Zauberleben‹, sagte er. ›Doch kann man das in diesem Lande nur von Tieren sagen. Keines, verstehen Sie mich, keines Mannes

Leben hier ist durch Zauber geschützt.‹ Er stand einen Augenblick lang im Mondlicht, die feine Adlernase ein wenig hochgereckt, ein lichtes Flackern in den Glimmeraugen; dann ging er mit einem ›Gute Nacht‹ davon. Ich konnte sehen, daß er aufgeregt und ziemlich bestürzt war. Und das machte mich hoffnungsfroher, als ich mich seit Tagen gefühlt hatte. Es war ein rechter Trost, von dem Kerl weg zu meinem einflußreichen Freund, dem schwergeprüften, verstümmelten Kaffeetopfdampfer zurückzukehren. Ich kletterte an Bord. Das Schiff dröhnte unter meinen Füßen wie eine leere Blechbüchse, die man in der Gosse vor sich her schiebt. Es war nicht sonderlich solid gebaut und noch weniger schön geformt, doch hatte ich genug harte Arbeit darauf verwandt, um es nun zu lieben. Kein noch so einflußreicher Freund hätte mir nützlicher sein können. Das Schiff hatte mir die Möglichkeit gegeben, ein bißchen herauszukommen und zu entdecken, zu was ich eigentlich imstande war. Nein, ich liebe die Arbeit nicht, mir gefällt es viel besser, herumzuliegen und all die schönen Dinge zu überdenken, die getan werden könnten. Ich liebe die Arbeit nicht – kein Mann tut das – aber ich liebe das, was in der Arbeit drinsteckt – die Möglichkeit, sich selbst zu finden. Die eigene Wirklichkeit – für einen selbst, nicht für andere – die kein anderer Mensch jemals erkennen kann. Die anderen können immer nur die bloße Leistung sehen und nie begreifen, was eigentlich dahintersteckt.

Ich war nicht überrascht, jemand auf dem Achterdeck sitzen zu sehen, die Beine über Bord hinaus gehängt. Ihr müßt wissen, daß ich mit den wenigen Mechanikern, die sich in der Station befanden, ziemlich Kameradschaft geschlossen hatte, während die anderen Pilger sie natürlich verachteten – auf Grund ihres unfeinen Benehmens, denke ich mir. Dieser war der Vormann –

ein gelernter Kesselschmied, ein guter Arbeiter. Er war ein langer, knochiger Mann mit einem gelben Gesicht und großen, eindringlichen Augen. Er sah müde aus, und sein Kopf war kahl wie meine Handfläche; doch schienen sich seine Haare beim Ausfallen an seinem Kinn gesammelt zu haben und in der neuen Umgebung gediehen zu sein, denn sein Bart hing ihm bis zum Gürtel hinunter. Er war ein Witwer mit sechs jungen Kindern (er hatte sie in der Obhut seiner Schwester gelassen, die ihm hierher nachkommen sollte), und seine ganze Passion waren Brieftauben. Darin war er begeisterter Kenner. Über Tauben konnte er ganz außer sich geraten. Nach den Arbeitsstunden kam er manchmal von seiner Hütte herüber, zu einem Plausch über seine Kinder und seine Tauben. Während der Arbeit, wenn er in dem Schlamm unter dem Kiel des Dampfers herumzukriechen hatte, pflegte er seinen Bart in einer Art Serviette aufzubinden, die er immer bei sich hatte. Sie hatte Schlingen, die er sich über die Ohren zog. Abends konnte man ihn am Ufer kauern, das Tuch mit größter Sorgfalt im Fluß waschen und dann zum Trocknen feierlich über einen Busch hängen sehen.

Ich klatschte ihm auf den Rücken und brüllte: ›Wir bekommen Nieten!‹ Er sprang auf die Füße und rief: ›Nein, Nieten!‹ als könnte er seinen Ohren nicht glauben. Dann fügte er leise hinzu: ›Sie ... Was?‹ – Ich weiß nicht, warum wir uns wie die Narren gebärdeten. Ich hielt den Finger an die Nase und nickte geheimnisvoll. ›Gut gemacht‹, schrie er, schnalzte mit den Fingern über dem Kopf und hob einen Fuß. Ich versuchte einen Solotanz. Wir sprangen auf dem Eisendeck herum. Ein furchtbares Getöse dröhnte aus dem Schiffsrumpf, und der Urwald jenseits des Flußarmes warf es mit Donnerrollen über die schlafende Station zurück. Mehr als einer der Pilger mag davon wohl in seinem Unterschlupf aufgefahren sein. Eine dunkle Gestalt verfinsterte die erleuchtete Türöffnung der Hütte des Direktors, dann verschwand, etwa eine Sekunde später, auch die Türöffnung selbst. Wir hielten inne, und die Stille, die vor unserem Getrampel geflohen war, flutete nun aus dem Landinneren wieder zurück. Die große Pflanzenmauer, die wuchernde, ineinander verstrickte Masse von Stämmen, Zweigen, Blättern, Ästen und Schlingpflanzen, reglos im Mondlicht, wirkte wie eine Springflut stummen Lebens. Eine Woge aus Pflanzen, hochgereckt, schien über das Ufer hereinbrechen, jeden einzelnen von uns aus seinem kümmerlichen Leben fortfegen zu wollen. Und sie rührte sich nicht. Von weit her drang gedämpft ein mächtiges Plätschern und Schnauben zu uns, als nähme ein Ichthyosaurus ein Lichtbad in dem großen Strom. ›Schließlich‹, sagte der Kesselschmied, wieder vernünftig, ›warum sollten wir die Nieten nicht bekommen?‹ Warum in aller Welt nicht ? Mir fiel kein Grund ein, warum es nicht hätte sein dürfen. ›In drei Wochen sind sie da‹, sagte ich zuversichtlich.

Das stimmte aber nicht. Anstatt der Nieten kam ein Einmarsch, eine Heimsuchung, eine Plage. Sie kam in Abständen, während der nächsten drei Wochen, jede Abteilung von einem Esel angeführt, mit einem weißen Mann in neuen Kleidern und braunen Schuhen auf dem Rücken, der von seiner Höhe herunter nach links und rechts die ehrfurchtsvollen Pilger grüßte. Eine Schar mürrischer, fußwunder Neger trottete hinter dem Esel drein. Eine Unmenge von Zelten, Feldstühlen, Blechbüchsen, weißen Kisten, braunen Ballen wurden auf einem Hof niedergesetzt, und die geheimnisvolle Atmosphäre, die über der Station lagerte, vertiefte sich. Fünf solcher Unternehmungen kamen, und jede von ihnen erweckte den Eindruck, als wäre sie mit der Beute aus zahllosen Ausrüstungshäusern auf ungeordneter Flucht, um dann in tiefster Wildnis die Teilung vorzunehmen. Es war ein unentwirrbares Gemisch von Dingen, die an sich gut waren, durch die menschliche Torheit aber wie Diebsbeute wirkten.

Die fromme Schar nannte sich die Eldorado-Forschungs-Expedition, und ich nehme an, daß sie sich eidlich zur Geheimhaltung ihrer Ziele verpflichtet hatte. Ihre Reden allerdings waren die Reden unflätiger Freibeuter: rücksichtslos, ohne tapfer, gierig, ohne kühn und grausam, ohne mutig zu sein. Kein kleinstes bißchen Voraussicht oder ernsthaftes Wollen fand sich in der Bande. Und sie schienen auch nicht zu wissen, daß diese Eigenschaften für die Arbeit in dieser Welt erforderlich sind. Schätze dem Lande abzupressen, war ihr Begehren, mit dem gleichen sittlichen Rückhalt wie ihn Räuber haben mögen, die in ein Banksafe einbrechen. Wer die Kosten des hochherzigen Unternehmens bestritt, weiß ich nicht; aber der Onkel unseres Direktors war der Anführer.

Äußerlich sah er wie ein Vorstadtmetzger aus, und der Blick seiner Augen zeigte eine schläfrige Heimtücke. Er trug seinen fetten Bauch aufdringlich auf kurzen Beinen und sprach während der ganzen Zeit, in der seine Horde die Station verpestete, zu niemand als zu seinem Neffen. Man konnte die beiden den ganzen Tag herumwandern und in endlosem Geplauder die Köpfe zusammenstecken sehen.

Ich hatte es aufgegeben, mich wegen der Nieten zu ärgern. Die Fähigkeit eines Menschen zu dieser Art Verrücktheit ist beschränkter, als man glauben möchte. Ich sagte ›Pest!‹ und ließ die Dinge laufen. Mir blieb Zeit genug zum Nachdenken, und dann und wann pflegte ich Kurtz einen Gedanken zu widmen. Er interessierte mich nicht besonders, nein. Doch ich war immerhin etwas neugierig, ob der Mann, der mit irgendwelchen sittlichen Ideen hier heraus gekommen war, schließlich auf die Höhe gelangt, und wie er sich zu seinem Amt stellen würde, wenn er es erst einmal erreicht hatte.

## II

Eines Abends, als ich flach auf dem Deck meines Dampfbootes lag, hörte ich Stimmen näherkommen; der Neffe und der Onkel schlenderten am Ufer entlang. Ich legte meinen Kopf wieder auf den Arm und war eben am Einschlummern, als jemand, mir beinahe ins Ohr, die Worte sprach: ›Ich bin harmlos wie ein kleines Kind, aber ich lasse mich nicht gerne herumkommandieren. Bin ich der Direktor, oder bin ich es nicht? Mir wurde befohlen, ihn dort hinzusenden. Es ist unglaublich ...‹ Ich bemerkte, daß die beiden am Ufer längsseits des Dampferbugs standen, gerade unter meinem Kopf. Ich rührte mich nicht; es fiel mir nicht ein, mich zu rühren: ich war schläfrig. ›Es ist unerfreulich‹, grunzte der Onkel. ›Er hatte die Verwaltung gebeten, dorthin gesandt zu werden‹, sagte der andere, ›in der Absicht, zu zeigen, was er konnte; und ich bekam die entsprechenden Weisungen. Es ist unglaublich, welchen Einfluß der Mensch haben muß. Ist es nicht schrecklich?‹ Sie beide stimmten darin überein, daß es schrecklich sei, und machten dann verschiedene eigenartige Bemerkungen: ›Regen und Sonne machen – ein Mann – den Aufsichtsrat – an der Nase ...‹ – Bruchstücke lächerlicher Aussprüche, die schließlich meine

Schläfrigkeit verscheuchten, so daß ich beinahe schon im Vollbesitz meiner Geisteskraft war, als der Onkel sagte: ›Das Klima wird dir vielleicht diese Schwierigkeit aus dem Wege räumen. Ist er allein dort oben?‹ – ›Ja‹, antwortete der Direktor. ›Er schickte seinen Assistenten den Fluß herunter mit einem Brief an mich, der etwa so gehalten war: ›Bringen Sie den armen Teufel aus dem Lande hinaus und ersparen Sie sich die Mühe, mir noch jemand dieses Schlages zu senden. Ich bin lieber allein, als daß ich die Leute mit mir hätte, wie Sie sie zu vergeben haben.‹ Das ist mehr als ein Jahr her. Kannst du dir eine ärgere Unverschämtheit vorstellen?‹ – ›Seither nichts mehr?‹ fragte der andere heiser. ›Elfenbein‹, bellte der Neffe, ›ganze Mengen – erstklassig – Haufen – sehr peinlich.‹ – ›Was ist dabei?‹ forschte die knurrige Stimme. ›Begleitschein‹, kam heftig die Antwort. Dann Schweigen. Sie hatten über Kurtz gesprochen.

Damals war ich schon ganz wach. Da ich aber sehr bequem lag, so verhielt ich mich ruhig, denn ich sah keinen Anlaß, meine Stellung zu ändern. ›Wie kam denn das Elfenbein den ganzen Weg herunter?‹ knurrte der alte Mann, der recht verärgert schien. Der andere erklärte, daß es mit einer Kanuflotte unter dem Befehl eines englischen Mischlings heruntergekommen sei, den Kurtz bei sich gehabt hatte; daß Kurtz augenscheinlich die Absicht gehabt habe, selbst zurückzukehren, da seine Station eben ohne Waren und Vorräte gewesen sei, daß er sich aber nach dreihundert Meilen plötzlich entschlossen habe, zurückzugehen; das habe er dann auch durchgeführt, sei in einem kleinen Einbaum mit vier Ruderern stromaufwärts gefahren und habe es dem Mischling überlassen, die Reise stromabwärts mit dem Elfenbein fortzusetzen. Die beiden Burschen dort unten schienen verblüfft, daß irgend jemand so etwas gewagt haben sollte. Sie waren in Verlegenheit, einen Beweggrund dafür zu finden. Mir aber schien es, als sähe ich Kurtz zum ersten Male. Es war ein deutliches Bild: der Einbaum, vier paddelnde Wilde – der einsame weiße Mann, der plötzlich dem Hauptquartier den Rücken kehrte und damit auch der Ablösung und allen Gedanken an die Heimat – vielleicht; das Gesicht den Tiefen der Wildnis zugewandt, seiner leeren und trostlosen Station. Ich kannte den Beweggrund nicht. Vielleicht war er einfach nur ein schneidiger Mann, der um seiner selbst willen an seiner Arbeit hing. Sein Name, müßt ihr übrigens wissen, war kein einziges Mal ausgesprochen worden. Er war ›der Mann‹. Der Mischling, der, soviel ich sehen konnte, eine schwierige Reise mit großer Vorsicht und Entschlossenheit durchgeführt hatte, wurde beständig unter der Bezeichnung ›der Schuft‹ erwähnt. ›Der Schuft‹ hatte gemeldet, daß ›der Mann‹ recht krank sei – sich ungenügend erholt hatte ... Die beiden unter mir gingen ein paar Schritte weiter und schlenderten in kleinem Abstand auf und ab. Ich hörte: ›Militärposten – Doktor – zweihundert Meilen – jetzt ganz allein – unvermeidliche Verzögerung – neun Monate – keine Nachrichten – merkwürdige Gerüchte.‹ Sie näherten sich wieder, gerade als der Direktor sagte: ›Niemand, soviel ich weiß. Nur eine Art von herumziehendem Händler – ein ekelhafter Kerl, der den Eingeborenen Elfenbein herauslockt.‹ Von wem sprachen sie jetzt? Aus Bruchstücken entnahm ich, es müsse ein Mann sein, von dem es hieß, daß er sich im Distrikt aufhalte, und mit dem der Direktor nicht einverstanden war. ›Wir werden die unsaubere Konkurrenz nicht los sein, bis nicht einer der Burschen zum warnenden Beispiel gehängt ist‹, sagte er. ›Gewiß‹, knurrte der andere. ›Laß ihn hängen! Warum nicht? Alles – alles kann man in diesem Land tun. Das sage ich ja; niemand hier, du verstehst, hier, kann deiner

Stellung gefährlich werden. Und warum? Du hältst das Klima aus, du überdauerst sie alle. Die Gefahr ist in Europa; aber dort habe ich vor meiner Abreise Vorkehrungen getroffen …‹ Sie gingen von mir weg und flüsterten, dann wurden die Stimmen wieder laut. ›Die ungewöhnliche Reihe von Verzögerungen ist nicht meine Schuld. Ich tat mein möglichstes.‹ Der Dicke seufzte: ›Sehr betrübliche.‹ – ›Und sein gottverlassenes dummes Geschwätze‹, fuhr der andere fort. ›Er hat mich genug damit geärgert, als er hier war. Jede Station sollte ein Leuchtturm auf dem Wege zu einer besseren Zukunft sein. Ein Mittelpunkt für den Handel, natürlich aber auch aller Bestrebungen, die auf Belehrung, Verbesserung, Verbrüderung abzielen.‹ Begreifst du – der Esel! Und der möchte Direktor sein! Nein, es ist … ›Hier schien ihn das Übermaß an Entrüstung zu ersticken, und ich hob meinen Kopf ein wenig. Ich war überrascht, zu sehen, wie nahe sie waren – gerade unter mir. Ich hätte ihnen auf die Hüte spucken können. Sie sahen gedankenvoll vor sich auf den Boden. Der Direktor klatschte sich mit einer dünnen Rute ans Bein. Sein weltkluger Verwandter hob den Kopf. ›Du hast dich die ganze Zeit, seit du zum letzten Male hierherkamst, wohl gefühlt?‹ fragte er. Der andere fuhr auf. ›Wer? Ich? Oh! wundervoll – ganz wundervoll. Aber die andern – du mein Gott! Alle krank!‹ – ›Hm, ja, ja‹, grunzte der Onkel. ›Oh, mein Junge, verlaß dich darauf – ich sage dir, verlaß dich darauf!‹ Ich sah ihn seine kurze Flosse von Arm in einer Gebärde ausstrecken, die den Wald, den Flußarm, den Schlamm und den Strom umfaßte und angesichts des sonnenüberglänzten Landes verräterisch das Böse, den Tod herbeizuwinken schien, der tief im Innern lauerte. Der Eindruck war so zwingend, daß ich auf meine Füße sprang und nach der Waldkante zurücksah, als hätte ich erwartet, daß von dorther irgendeine Antwort auf das geheime Zeichen erfolgen würde. Ihr wißt ja, was für närrische Gedanken einem mitunter kommen. Das große Schweigen zeigte sich geduldig mit den beiden Gestalten und wartete wohl, daß der verrückte Einbruch sein Ende finden möge.

Die beiden fluchten laut – aus blanker Furcht, glaube ich – , gingen dann auf die Station zu und gaben vor, meine Anwesenheit nicht bemerkt zu haben. Die Sonne stand niedrig; und wie sie so nebeneinander vorgebeugt hinschritten, schienen sie mühsam ihre beiden lächerlichen Schatten von ungleicher Länge, die langsam hinter ihnen über das hohe Gras glitten, ohne einen Halm zu beugen, den Hügel hinaufzuschleppen.

Wenige Tage darauf ging die Eldorado-Expedition in die geduldige Wildnis, die sich darüber schloß, wie die See über einem Taucher. Lange nachher kam die Nachricht, daß alle Esel tot waren. Über das Schicksal der weniger wertvollen Tiere weiß ich nichts. Sie alle haben wohl, wie wir anderen auch, das Schicksal gefunden, das sie verdienten. Ich forschte nicht nach. Ich war gerade damals ziemlich erregt über die Aussicht, Kurtz bald zu begegnen. Wenn ich bald sage, so meine ich das verhältnismäßig. Es waren genau zwei Monate seit dem Tage vergangen, an dem wir den Flußarm verlassen hatten, als wir am Ufer unterhalb der Station von Kurtz anlegten.

Die Reise den Strom hinauf war wie eine zu den frühesten Anfängen der Welt, als der Pflanzenwuchs noch auf der Erde wucherte und die großen Bäume Könige waren. Ein leerer Strom, ein großes Schweigen, ein undurchdringlicher Wald. Die Luft war warm, dick, schwer und drückend. Der Glanz des Sonnenscheins brachte keine Freude. Das Fahrwasser erstreckte sich weithin, in überschattete Ferne. Auf silbrigen Sandbänken sonnten sich

Flußpferde und Alligatoren nebeneinander, an breiteren Stellen strömten die Wasser zwischen unzähligen bewaldeten Inseln dahin; man verlor auf dem Strom seinen Weg, wie man es in einer Wüste tun kann, plagte sich den ganzen Tag lang mit Untiefen herum, versuchte, das Fahrwasser zu finden und hielt sich schließlich für behext und für immer von allem, was man je gekannt, abgeschnitten, weit weg, vielleicht in ein anderes Land versetzt. Es gab Augenblicke, da einem die Vergangenheit vor Augen stand, wie es manchmal geschieht, wenn man gerade keinen Augenblick Zeit für sich selbst übrig hat; doch die Vergangenheit kam in der Gestalt eines unruhigen, lauten Traumes und weckte Verwunderung, im Vergleich zu der überwältigenden Wirklichkeit dieser fremden Welt aus Pflanzen, Wasser und Schweigen. Die Stille dieses Lebens hatte mit Frieden nicht das geringste zu tun. Es war die Ruhe einer unversöhnlichen Kraft, die über unerforschlichen Ratschlüssen brütete. Sie blickte einem rachedurstig entgegen. Später gewöhnte ich mich daran; ich sah es nicht mehr; hatte keine Zeit dazu. Ich mußte auf das Fahrwasser achten; ich mußte meist rein gefühlsmäßig die Anzeichen verborgener Untiefen herausfinden; ich sah nach versunkenen Felsen aus; ich lernte schnell die Zähne zusammenbeißen, bevor mir das Herz dazwischen herausflog, wenn ich um eines Haares Breite an irgendeinem heimtückischen, alten Baumstamm vorbeikam, der meinem Kaffeetopf von Dampfer die Seele aus dem Leibe gerissen und alle Pilger ersäuft hätte; ich mußte nach totem Holz Ausschau halten, das wir während der Nacht schneiden konnten, um am nächsten Tag den Kessel damit zu heizen. Wenn man auf Dinge dieser Art zu achten hat, auf die Zufälle der Oberfläche, dann verliert die Wirklichkeit – die Wirklichkeit, sage ich euch – an Kraft. Die innere Wahrheit ist verborgen – zum guten Glück. Doch ich empfand sie trotzdem; ich fühlte oft, wie das geheimnisvolle Schweigen mich bei meinen Affenkünsten beobachtete, genauso wie es auch euch Burschen beobachtet bei eurem jeweiligen Seiltanzen um – na, um was; Um einen Silberling für einen Purzelbaum …" „Versuche, höflich zu bleiben, Marlow", brummte eine Stimme, und ich wußte, daß außer mir selbst noch mindestens ein Zuhörer wach war.

„Verzeihung! Ich habe den Kummer vergessen, der den Rest des Preises ausmacht. Und was macht schließlich der Preis überhaupt aus, wenn das Kunststück gut gelungen ist; Ihr macht eure Kunststücke gut, und auch ich tat es nicht schlecht, da ich es fertigbrachte, das Dampfboot auf meiner ersten Reise nicht gleich zu versenken. Es ist mir heute noch ein Wunder. Stellt euch vor, daß ein Mann mit verbundenen Augen einen Frachtwagen über eine schlechte Straße zu führen hätte. Ich schwitzte und zitterte genug über der Aufgabe, kann ich euch versichern. Schließlich ist es ja für einen Seemann die unverzeihlichste Sünde, gerade dem Ding, das unter seiner Obhut ständig schwimmen sollte, den Boden aufzureißen. Niemand mag es wahrhaben, aber man vergißt den dumpfen Stoß niemals, – wie? Ein Schlag aufs Herz. Man erinnert sich daran, träumt davon, erwacht in der Nacht und denkt daran noch Jahre nachher, und es überläuft einen heiß und kalt. Ich will nicht behaupten, daß der Dampfer die ganze Zeit schwamm. Mehr als einmal mußte er ein Stück weit auf dem Bauch rutschen, während ringsum zwanzig Kannibalen im Wasser plätscherten und nachschoben. Wir hatten unterwegs einige dieser Kerle als Besatzung angemustert. Feine Burschen – Kannibalen – in ihrer Art. Es waren Männer, mit denen man arbeiten konnte, und ich denke mit Dankbarkeit an sie. Und schließlich fraßen sie einander ja nicht vor meinen Augen auf. Sie hatten einen Vorrat von Nilpferdfleisch mitgebracht, das faulig wurde und mir das Geheimnis der Wildnis in die Nase wehte. Puh! Ich glaube, es jetzt noch zu wittern. Ich hatte den Direktor an Bord und drei oder vier Pilger mit ihren Stäben – ganz vollzählig. Mitunter kamen wir an eine Station hart am Ufer, am Schürzenzipfel des Unbekannten; die Weißen stürzten aus ihren verfallenen Hütten heraus mit großen Gebärden von Freude, Überraschung und Willkommen und wirkten sonderbar – als würden sie dort durch einen Zauber gefangengehalten. Das Wort Elfenbein zitterte eine Weile durch die Luft – dann fuhren wir weiter, in das große Schweigen hinein, öden Ufern entlang, um stille Biegungen herum, zwischen den hohen Mauern zu beiden Seiten, von denen die schweren Schläge des Heckrades hohl widerhallten. Bäume, Bäume, Millionen von Bäumen, massig, ungeheuer, himmelanstrebend; und zu ihren Füßen, hart am Ufer, kroch das kleine rußige Dampfboot stromaufwärts, wie ein träger Käfer auf dem Fußboden einer hohen Halle. Man fühlte sich ganz allein, ganz verloren, und doch war das Gefühl auch nicht nur niederdrückend. Schließlich, wenn man auch klein war, so kroch der rußige Käfer doch vorwärts – und das war genau das, was man von ihm wollte. Wohin er nach Meinung der Pilger kroch, weiß ich nicht. Wohl an irgendeinen Ort, wo sie etwas zu erfahren hofften, wette ich. Für mich kroch er auf Kurtz zu – ausschließlich. Als aber die Dampfrohre zu lecken begannen, krochen wir nur sehr langsam weiter. Die Stromstrecken taten sich vor uns auf und schlossen sich hinter uns, als wäre der Urwald lautlos ins Wasser getreten, um uns den Weg zu versperren. Tiefer und tiefer drangen wir in das Herz der Finsternis ein. Es war sehr still dort. Nachts lief mitunter das

Dröhnen der Trommeln hinter dem Vorhang der Bäume den Fluß herauf und verharrte bis Tagesanbruch, als würde es in der Luft über unseren Köpfen schweben. Ob es Krieg meinte, Frieden oder Gebet, konnten wir nicht sagen. Das Morgengrauen kündigte sich durch den Einfall einer feuchten Kühle an. Die Holzfäller schliefen an ihren niedergebrannten Feuern. Ein schnellender Zweig ließ einen auffahren. Wir waren Wanderer auf einer vorgeschichtlichen Erde, auf einer Erde, die das Aussehen eines unbekannten Planeten hatte. Wir hätten uns als die ersten Menschen fühlen können, die von einem verfluchten Erbe Besitz ergriffen; von einem Etwas, das nur um den Preis von Todesangst und unerbittlicher Arbeit zu erringen war. Plötzlich aber, wenn wir um eine Biegung herumfuhren, konnte sich auch ein kurzer Blick auf Binsenwände bieten, auf spitze Glasdächer; dazu ein Aufheulen, ein Gewimmel schwarzer Glieder, viele Hände, die klatschten, Füße, die stampften, wirbelnde Körper, rollende Augen, unter dem schweren reglosen Blätterdach. Der Dampfer arbeitete sich langsam an diesem dunklen, unverständlichen Gefühlsausbruch vorbei. Der vorgeschichtliche Mann verfluchte uns, betete uns an, hieß uns willkommen – wer mochte es sagen? Wir waren vom Verständnis unserer Umgebung abgeschnitten; wir glitten dahin wie Gespenster, erstaunt und heimlich entsetzt, wie es gesunde Menschen wohl vor einem Ausbruch der Begeisterung in einem Irrenhaus sind. Wir konnten nichts verstehen, weil wir zu weit weg waren, und konnten uns nicht erinnern, weil wir durch die Nacht der ersten Zeitalter dahinfuhren, der Zeitalter, die dahingegangen sind, kaum ein Merkmal hinterlassen haben – und keine Erinnerung.

Die Erde wirkte unirdisch. Wir mögen es gewohnt sein, die hingestreckte Gestalt eines besiegten Untiers zu betrachten – hier aber sah man einem Ding ins Auge, das ungeheuerlich und frei war. Es war unirdisch, und die Menschen waren ... Nein, sie waren nicht unmenschlich. Und seht ihr, das war das Schlimmste dabei – dieser Verdacht, daß sie eben nicht unmenschlich waren. Es überkam einen ganz langsam. Sie heulten und sprangen und drehten sich und schnitten furchtbare Gesichter; was einen aber peinigte, war der Gedanke an ihre Menschlichkeit, gleich der eigenen, der Gedanke, daß man mit diesem wilden und verzweifelten Aufruhr entfernt verwandt war. Fürchterlich. Ja, es war fürchterlich genug; wenn man sich aber Manns genug fühlte, dann gestand man sich ein, daß in einem selbst der Schimmer einer Antwort auf den furchtbaren Freimut des Getöses lebte; eine dunkle Ahnung, daß ein Sinn sich dahinter berge, der einem selbst, so himmelfern man der Nacht der ersten Zeiten auch war, verständlich sein könnte. Und warum nicht; Der Menschengeist ist zu allem fähig, weil er alles umfaßt, die Vergangenheit ebenso wie die Zukunft. Was war schließlich das vor uns; Freude, Angst, Kummer, Ergebenheit, Tapferkeit, Wut – wer kann es sagen; – Aber Wahrheit, Wahrheit, des Zeitgewandes entkleidet. Laßt den Narren zittern und zagen – der ganze Mann weiß um die Dinge und vermag ihnen fest ins Auge zu sehen. Nur muß er zumindest so sehr Mann sein, wie jene dort am Ufer. Er muß der Wahrheit mit seiner eigenen, inneren Wahrheit begegnen, mit seiner eigenen, angeborenen Stärke. Grundsätze? Grundsätze genügen nicht. Die sind äußerlich angehängt wie Kleider – bunte Fetzen, die beim ersten Zupacken davonfliegen. Nein – man braucht einen ehrlichen Glauben. Höre ich einen Anruf aus dem feindseligen Getöse, ja? Nun gut; ich höre; zugegeben; doch auch ich habe eine Stimme und, ob gut oder böse – mein ist die Sprache, die nicht zu übertönen ist. Natürlich ist ein Dummkopf immer geschützt, sei es durch blanke Furcht oder durch schöne Gefühle. Wer knurrt dort? Ihr wundert euch, daß ich nicht an Land ging, um mitzuheulen und zu tanzen? Na also – ich tat es nicht. Schöne Gefühle, sagt ihr? Zum Teufel mit allen schönen Gefühlen. Ich hatte keine Zeit. Ich mußte mit Bleiweiß und Streifen, die ich von einer Wolldecke gerissen hatte, herumarbeiten und versuchen, die lecken Dampfrohre zu dichten. Ich mußte das Laden überwachen, den schwimmenden Baumstämmen ausweichen und den Kaffeetopf wohl oder übel in Schwung erhalten. Darin lag Scheinwahrheit genug, um auch einen weiseren Mann als mich retten zu können. Und zwischendurch hatte ich auch nach dem Wilden zu sehen, der als Heizer diente. Er war ein bewährter Vertreter seines Berufes; er konnte einen senkrechten Kessel heizen. Er arbeitete dort unter mir, und – auf mein Wort! – ihm zuzusehen war ebenso erbaulich, als wenn man einen Hund betrachtet, der, in Hosen und Federhut gekleidet, auf den Hinterbeinen spazierengeht. Wenige Monate der Abrichtung hatten bei dem wirklich feinen Kerl genügt. Er schielte nach dem Dampf- und Wassermesser, in augenscheinlicher Anstrengung, unbefangen zu erscheinen, und dabei hatte er noch spitzgefeilte Zähne, der arme Teufel, hatte die Wolle auf seinem Kopf in absonderlichem Muster geschoren und drei Ziernarben auf jeder Wange. Von Rechts wegen hätte er auf dem Ufer oben in die Hände klatschen und mit den Füßen trampeln sollen. Statt dessen war er hart an der Arbeit, ein Sklave fremden Zauberwerks und voll höheren Wissens. Er war nützlich, weil er unterrichtet worden war. Und was er wußte, war, daß, wenn das Wasser in dem durchsichtigen Ding verschwinden sollte, der böse Geist drinnen im Kessel infolge der Größe seines Durstes böse werden und furchtbare Rache nehmen würde. So schwitzte er und heizte und beobachtete dabei furchtsam das Glas; er trug ein aus Fetzen schnell zurechtgemachtes Zauberamulett um den Arm gebunden und hatte sich ein poliertes Knochenstück, so groß wie eine Taschenuhr, flach durch die Unterlippe gezogen. Unterdessen glitten die waldigen Ufer langsam an uns vorbei, der kurze Lärm blieb zurück, die endlosen Meilen des Schweigens – und wir krochen weiter, auf Kurtz zu. Aber die Baumstämme waren dick, das Wasser war heimtückisch und seicht, der Kessel schien tatsächlich einen boshaften Teufel im Leibe zu haben, und so hatten weder der Feuermann noch ich Zeit, unseren trüben Gedanken nachzuhängen.

Etwa fünfzig Meilen vor der Innenstation kamen wir an eine Schilfhütte, an einen traurigen, schiefen Pfahl, an dem die unkenntlichen Überreste irgendeiner ehemaligen Flagge flatterten, und an einen sauber geschichteten Holzstoß. Das war unerwartet. Wir gingen an Land und fanden auf dem Haufen Feuerholz ein Stück Brett mit verwaschenen Schriftzügen in Bleistift, die, als wir sie entziffert hatten, den Sinn ergaben: ›Holz für euch, kommt schleunigst, nähert euch vorsichtig!‹ Es stand eine Unterschrift darunter, die aber unleserlich war – nicht Kurtz – ein viel längeres Wort. ›Kommt schleunigst.‹ Wohin; Stromaufwärts; ›Nähert euch vorsichtig!‹ Das hatten wir nicht getan. Aber die Warnung konnte sich ja nicht auf den Ort beziehen, wo sie notwendig erst nach der Annäherung zu finden war. Dort oben war irgend etwas nicht in Ordnung. Wir äußerten uns abfällig über die Torheit dieses Telegrammstils. Der Wald ringsherum sagte nichts und gewährte uns auch keinen weiteren Ausblick. Ein zerfetzter Vorhang aus rotem Köper hing im Eingang der Hütte und wehte uns trübselig entgegen. Die Wohnung war verfallen, doch konnten wir sehen, daß bis vor nicht allzulanger Zeit ein weißer Mann darin gehaust haben mußte. Ein roher Tisch – ein Brett über zwei Pfählen – war noch da. Ein Haufen Gerümpel lag in einem dunklen Winkel, und an der Tür hob ich ein Buch auf. Es hatte den Einband verloren, und die Seiten waren vom vielen Umblättern ganz weich und unerhört schmutzig geworden; doch der Rücken war liebevoll mit weißem Baumwollfaden, der noch ganz neu aussah, geheftet. Es war ein außergewöhnlicher Fund. Der Titel lautete: ›Eine Untersuchung über einige nautische Tatsachen‹, von einem Mann namens Tower, Towson, Obersteuermann S. M. Kriegsmarine. Das Zeug schien kein allzu anregender Lesestoff, mit den erklärenden Skizzen und abschreckenden Bildtafeln; die Ausgabe war sechzig Jahre alt. Ich befingerte dieses erstaunliche Altertum mit größtmöglicher Zartheit, damit es mir nicht unter den Händen zerfiele. Im Inhalt stellte Towson, Towser, ernsthafte Untersuchungen über die Zerreißfestigkeit von Schiffstauen und -ketten und über verwandte Fragen an. Kein sehr fesselndes Buch. Doch schon beim ersten Blick konnte man eine besondere Absicht darin erkennen, den ehrlichen Willen, die rechte Weise für eine bestimmte Arbeit zu finden, der die anspruchslosen Seiten, die vor so viel Jahren ersonnen waren, noch mit einem anderen als dem rein beruflichen Licht überstrahlte. Mit seinem Gerede von Ketten und Taljen machte mich der schlichte alte Seemann das Dschungel und die Pilger vergessen, in dem köstlichen Gefühl, endlich einmal an eine unbestreitbare Wirklichkeit geraten zu sein. Es war wunderbar genug, daß ein solches Buch sich hier vorfand; noch verwunderlicher aber waren die Randbemerkungen, die mit Bleistift hineingeschrieben waren und sich ganz offenbar auf den Text bezogen. Ich wollte meinen Augen nicht trauen. Sie waren in Geheimschrift. Ja, es sah wie

Geheimschrift aus. Stellt euch doch einen Mann vor, der ein Buch dieser Art in dieses Nirgendland mitnimmt und es durchstudiert, Randbemerkungen dazu macht, in Geheimschrift noch dazu! Es war ein ganz außergewöhnliches Geheimnis.

Seit geraumer Zeit schon war ich mir eines lästigen Lärmes bewußt gewesen, und als ich nun die Augen erhob, sah ich, daß der Holzstoß verschwunden war und der Direktor, von allen Pilgern unterstützt, vom Ufer aus nach mir winkte und schrie. Ich ließ das Buch in die Tasche gleiten, und ich versichere euch, als ich zu lesen aufhören mußte, war es mir, als müßte ich mich von einem alten und bewährten Freund trennen.

Ich setzte die lahme Maschine wieder voraus. ›Es muß der elende Händler sein, der Eindringling‹, rief der Direktor aus und sah böse nach dem Platz zurück, den wir soeben verlassen hatten. ›Er muß Engländer sein‹, sagte ich. – ›Daß wird ihn nicht vor Unannehmlichkeiten schützen, wenn er sich nicht in acht nimmt‹, murmelte der Direktor dumpf. Ich bemerkte mit gespielter Unschuld, daß kein Mensch in dieser Welt vor Unannehmlichkeiten sicher sei.

Die Strömung war hier stärker, der Dampfer schien am Ende seiner Kräfte, das Heckrad plätscherte träge, und ich ertappte mich dabei, wie ich voller Erwartung auf den nächsten Schlag lauschte, denn in Wahrheit war ich darauf gefaßt, das arme Ding jeden Augenblick stillstehen zu sehen. Es war, als hätte ich die letzten Lebenszeichen zu überwachen gehabt. Doch immer noch krochen wir vorwärts. Manchmal faßte ich ein Stück weit voraus einen Baum ins Auge, um unsere Fahrt daran messen zu können, verlor ihn aber unweigerlich aus den Augen, bevor wir hinkamen. Es war zuviel für menschliche Geduld, den Blick so lange auf einen Fleck gerichtet zu halten. Der Direktor zeigte eine wundervolle Ergebung. Ich arbeitete herum, plagte mich ab und grübelte dabei fortwährend darüber nach, ob ich offen mit Kurtz reden sollte oder nicht; bevor ich aber noch zu einem Entschluß gekommen war, drängte sich mir die Erkenntnis auf, daß mein Reden wie mein Schweigen, sowie tatsächlich jede meiner Handlungen zur Unwirksamkeit verdammt schienen. Was machte es aus, was einer wußte oder nicht wußte? Was machte es aus, wer Direktor war? Man hat mitunter solche blitzartige Erkenntnis. Das Wesentliche dieser Geschichte lag tief unter der Oberfläche, meinem Zugriff entrückt, wie auch jeder Möglichkeit einer Einmischung.

Am Abend des nächsten Tages glaubten wir noch etwa acht Meilen von Kurtz' Station weg zu sein. Ich wollte weiterfahren; aber der Direktor machte ein ernstes Gesicht und sagte mir, die Schiffahrt dort oben sei so gefährlich, daß es ratsam scheine, weil die Sonne schon recht tief stehe, da, wo wir eben waren, den nächsten Morgen abzuwarten. Er hob auch hervor, daß wir uns, wenn wir die Warnung, uns vorsichtig zu nähern, ernst nehmen wollten, bei Tage nähern müßten, nicht in der Dämmerung oder im Dunkeln. Das klang vernünftig genug. Acht Meilen bedeuteten für uns fast drei Stunden Fahrt, und überdies konnte ich am Ende der Stromstrecke verdächtige Kabbelwellen sehen. Trotzdem ärgerte mich der Aufschub über alle Maßen und auch ganz unsinnig, da ja nach so viel Monaten eine Nacht mehr nicht viel ausmachen konnte. Da wir Holz zur Genüge hatten und Vorsicht geboten war, ließ ich das Schiff mitten im Strom vor Anker gehen. Das Fahrwasser war eng und gerade, mit Seitenwänden wie ein Eisenbahneinschnitt. Das Dämmern glitt herein, bevor noch die Sonne untergegangen war. Der Strom rann glatt und schnell, die

Ufer lagen in dumpfer Reglosigkeit. Die lebenden Bäume, die die Schlingpflanzen untereinander verknüpften, jeder lebende Busch des Unterwuchses, alles hätte in Stein verwandelt sein können, bis zum dünnsten Zweig, zum kleinsten Blättchen hinunter. Es war nicht Schlaf – es wirkte unnatürlich, wie in einem Traum. Kein noch so leiser Laut war zu hören, man starrte verwundert vor sich hin und begann zu fürchten, man sei plötzlich taub geworden – dann fiel unvermittelt die Nacht ein und machte einen überdies noch blind. Gegen drei Uhr morgens sprang ein großer Fisch hoch, und das laute Aufklatschen ließ mich auffahren, als wäre ein Geschütz abgefeuert worden. Als die Sonne aufging, herrschte ein weißer Nebel, ganz warm und klebrig, bei dem noch weniger zu sehen war als während der Nacht. Er wallte nicht, trieb auch nicht, war nur einfach da und stand rings um einen, wie eine feste Mauer. Gegen acht oder neun Uhr etwa ging er in die Höhe, wie ein Vorhang aufgeht. Wir konnten einen kurzen Blick auf die turmhohen Bäume tun, auf das ungeheure, zusammengeballte Dschungel, auf die weißglühende, kleine Sonnenkugel, die darüber aufgegangen war – alles reglos still –, dann senkte sich der weiße Vorhang wieder nieder, als glitte er in geölten Schienen. Ich ordnete an, daß die Kette, die wir anzuhieven begonnen hatten, wieder nachgelassen würde. Bevor sie noch aufgehört hatte, mit gedämpftem Rasseln auszulaufen, kam ein Schrei, ein überlauter Schrei, wie von unendlicher Trostlosigkeit, durch die opalfarbene Luft. Er brach ab. Dann klang uns ein Wehklagen, rauh abgestimmt, in die Ohren. Das war so unerwartet, daß sich mir vor lauter Überraschung die Haare unter der Mütze sträubten. Ich weiß nicht, wie es die anderen empfanden: mir schien es, als hätte der Nebel selbst aufgeschrien, so plötzlich und offenbar von allen

Seiten hatte sich der wüste Trauerlärm erhoben. Er gipfelte in einem überstürzten, fast unerträglichen Kreischen, das plötzlich abbrach und uns erstarrt in allerlei törichten Stellungen zurückließ, hartnäckig weiter dem fast ebenso bedrückenden, übermäßigen Schweigen lauschend. ›Großer Gott! Was soll das?‹ stammelte hart neben mir einer der Pilger, ein kleiner, fetter Mann mit sandfarbenem Haar und rotem Backenbart, der Schuhe mit Gummizügen trug, dazu einen roten Pyjama, der in die Socken hineingeschoben war. Zwei andere blieben eine volle Minute mit offenem Munde stehen, stürzten dann in die kleine Kabine, kamen augenblicklich wieder heraus und sahen erschreckt herum, schußfertige Winchester in der Hand. Wir konnten aber nichts weiter sehen als den Dampfer, auf dem wir waren, und dessen Umrisse verschwanden, als wollte er sich in nichts auflösen, dazu ringsum einen nebligen Wasserstreifen, vielleicht zwei Fuß breit. Der Rest der Welt war nirgends, soweit unsere Augen und Ohren in Betracht kamen. Einfach nirgends, dahin, verschwunden; verweht, ohne ein Flüstern oder einen Schatten hinter sich zu lassen. Ich ging nach vorn und befahl, die Kette kurz zu hieven, damit wir im Notfall sofort ankerauf gehen und das Boot in Fahrt setzen könnten. ›Werden sie angreifen?‹ flüsterte eine erschreckte Stimme. ›Wir werden in dem Nebel alle abgeschlachtet werden‹, murmelte ein anderer. Es war sehr seltsam, den Gegensatz im Ausdruck der Weißen und der schwarzen Besatzung zu sehen, welch letztere in diesem Teil des Stromes ebenso fremd war wie wir, wenn ihre Heimat auch nur achthundert Meilen weit weg lag. Die Weißen, natürlich ziemlich außer Fassung, hatten überdies noch das merkwürdige Aussehen, als wären sie über den unziemlichen Lärm entrüstet. Die anderen zeigten einen klugen, unbefangen interessierten Ausdruck, doch in der Hauptsache waren ihre Gesichter ruhig, sogar die der beiden, die grinsend an der Kette zogen. Einige wechselten kurze, grunzende Sätze, die die Sache zu ihrer Zufriedenheit zu erledigen schienen. Ihr Häuptling, ein junger Schwarzer mit breiter Brust, in dunkle, blaugestreifte Gewänder gehüllt, die Nüstern stolz gebläht und das Haar in künstliche Locken gedreht, stand nahe bei mir. ›Aha‹, sagte ich, einfach um höflich zu sein. ›Fang sie‹, zischte er mit einem blutdürstigen Aufblitzen der Augen und einem Schnappen der scharfen Zähne. ›Fang sie! Gib sie uns!‹ – ›Euch, was?‹ fragte ich. ›Was würdet ihr mit ihnen tun?‹ – ›Essen‹, sagte er kurz, stützte seine Ellbogen auf das Geländer und sah in würdiger und tief nachdenklicher Haltung in den Nebel hinaus. Ich wäre fraglos äußerst entsetzt gewesen, wäre es mir nicht rechtzeitig eingefallen, daß er und seine Leute sehr hungrig sein mußten; daß ihr Hunger zumindest den letzten Monat ständig gewachsen sein mußte. Sie waren für sechs Monate angeworben worden (ich glaube nicht, daß irgendeiner von ihnen einen klaren Zeitbegriff hatte, wie wir ihn am Ende zahlloser Zeitalter haben. Sie gehörten immer noch dem Urbeginn der Zeiten an, hatten keine ererbten Erfahrungen, die ihnen nützlich hätten sein können), und wenn nur ein Stück Papier, entsprechend irgendeinem dummen Gesetz von der Küste unterschrieben war, so fiel es niemand mehr ein, sich den Kopf darüber zu zerbrechen, wovon die Leute wohl lebten. Gewiß hatten sie einen Vorrat halb verfaulten Flußpferdfleisches mit sich gebracht, der aber keinesfalls länger hätte vorhalten können, auch wenn die Pilger nicht mit großem Lärm eine beträchtliche Menge davon über Bord geworfen hätten. Das Vorgehen sah recht gewalttätig aus, war aber tatsächlich doch nur eine Handlung berechtigter Notwehr. Man kann nicht im Wachen, im Schlafen und beim Essen totes Flußpferd riechen und dabei auch noch sein Leben fest in der Hand halten, was ohnedies schwer genug ist. Überdies hatte man ihnen wöchentlich drei Stücke Messingdraht gegeben, jedes etwa zwanzig Zentimeter lang; die Abmachung war, daß sie sich dafür in den Dörfern längs des Stromes Lebensmittel eintauschen sollten. Ihr habt ja gesehen, wie das klappte. Entweder es waren keine Dörfer da, oder die Leute waren feindlich, oder der Direktor, der, wie die anderen auch, von Konserven lebte, mit dann und wann einem alten Ziegenbock dazwischen, der Direktor also wünschte nicht wegen eines mehr oder weniger nebensächlichen Grundes den Dampfer zu stoppen. Wenn sie also nicht den Draht selbst schluckten oder Haken daraus machten, um Fische damit zu fangen, so sehe ich heute noch nicht, wozu ihnen ihr außergewöhnliches Gehalt gedient haben mag. Es wurde übrigens mit der Regelmäßigkeit gezahlt, wie sie einer großen und ehrenwerten Gesellschaft ansteht. Im übrigen war das einzig Eßbare – wenn es auch nicht besonders eßbar aussah –, das ich in ihrem Besitz bemerkte, eine kleine Menge einer Masse wie halbgarer Teig, von schmutziger Lavendelfarbe; sie bewahrten es in Blätter eingehüllt auf und schluckten dann und wann ein kleines Stück davon, aber so klein, daß man glauben konnte, sie wollten weit eher den Anschein wahren, als wirklich etwas für ihre Ernährung tun. Warum sie nicht im Namen aller nagenden Hungerteufel auf uns losgingen – sie waren dreißig gegen fünf – und auf einmal richtig Schluß machten, das verwundert mich heute noch, wenn ich daran denke. Sie waren großmächtige Männer, ohne sonderliche Fähigkeit, die Folgen abzuwägen, mutig und stark auch jetzt noch, wenn auch ihre Haut nicht mehr glänzte und ihre Muskeln nicht mehr hart waren. Und ich sah, daß irgendeine Hemmung, eines der menschlichen Geheimnisse, die jeder Wahrscheinlichkeit Trotz bieten, hier ins Spiel gekommen war. Ich betrachtete sie mit sehr rasch wachsendem Interesse, aber nicht etwa, weil ich annahm, ich könnte über kurz oder lang von ihnen gegessen werden; obwohl ich zugebe, daß ich gerade damals – in neuem Licht sozusagen – zu merken begann, wie unglücklich die Pilger aussahen, und hoffte, jawohl, hoffte, daß mein eigenes Aussehen nicht so – wie soll ich mich ausdrücken – so wenig appetitlich wäre: ein Anflug phantastischer Eitelkeit, der sich gut in die Traumstimmung einfügte, die damals alle meine Tage erfüllte. Vielleicht hatte ich auch ein bißchen Fieber. Man kann nicht ständig mit dem Finger auf dem Puls leben. Ich hatte oft ›ein bißchen Fieber‹ oder ein bißchen was anderes; es waren die spielerischen Tatzenhiebe der Wildnis, die kleinen Scharmützel vor der großen Entscheidungsschlacht, die zur rechten Zeit stattfand. Ja, ich beobachtete die Leute, wie man jedes menschliche Wesen beobachtet, neugierig, ihre Impulse, Beweggründe, Fähigkeiten und Schwächen feststellen zu können, wenn sie durch eine zwingende, physische Notwendigkeit auf die Probe gestellt werden. Hemmung! Welche mögliche Hemmung konnte es sein? War es Aberglaube, Ekel, Geduld, Angst oder ein urwüchsiges Ehrgefühl? Keine Furcht kann sich stärker erweisen als der Hunger, keine Geduld kann ihn besiegen, Ekel kann überhaupt nicht bestehen, wo Hunger ist; und was nun den Aberglauben, den Glauben und das angeht, was man Grundsätze nennt, so sind sie alle weniger als Spreu im Winde. Kennt ihr nicht die Höllenqualen langsamen Hungerns, die unerträgliche Pein, die schwarze Gedanken und eine völlig hemmungslose Grausamkeit erzeugt? Nun gut, ich kenne sie. Es braucht die ganze Kraft eines Mannes, um mit dem Hunger anständig fertig zu werden. Es ist tatsächlich einfacher, mit jedem Verluste, mit Entehrung und Seelenverdammnis fertig zu werden, als mit diesem schleichenden Hunger. Traurig, aber wahr. Und die Kerle hatten ja sicher keinen erdenklichen Grund für irgendein Bedenken. Hemmung! Ebensogut hätte ich eine Hemmung bei einer Hyäne erwartet, die zwischen den Leichen auf einem Schlachtfelde auf Beute ausgeht. Doch da stand die Tatsache vor mir, die überraschende Tatsache, sichtbar, wie der Schaum auf dem tiefen Meer, noch geheimnisvoller, wenn ich es recht bedachte, als die merkwürdige, unbegreifliche Klage in dem wilden Schrei, der von der Uferbank, hinter dem weißen Nebelvorhang hervor, über uns weggeklungen war.

Zwei Pilger stritten in hastigem Flüsterton darüber, von welchem Ufer der Schrei gekommen war. ›Links!‹ – ›Nein, nein; wie können Sie bloß! Rechts – rechts natürlich!‹ – ›Das ist sehr ernst‹, sagte die Stimme des Direktors hinter mir. ›Es täte mir sehr leid, wenn Herrn Kurtz irgend etwas geschehen sollte, bevor wir hinaufkommen.‹ Ich sah ihn an und hatte nicht den geringsten Zweifel, daß er es aufrichtig meinte. Er war gerade der Mann, der wünschen konnte, den Anschein zu wahren. Das war seine Hemmung. Als er aber eine Andeutung murmelte, wir sollten sofort weiterfahren, nahm ich mir nicht einmal die Mühe, ihm zu antworten. Ich wußte und er wußte, daß es unmöglich war. Sobald wir unseren Halt auf dem Flußgrund aufgaben, mußten wir in der Luft sein – im Nichts. Wir würden nicht mehr sagen können, wohin wir fuhren – ob stromauf, -abwärts oder querüber – bis wir gegen eine Uferbank oder sonst was rannten. Und auch dann würden wir zunächst nicht wissen, was es war. Natürlich rührte ich mich nicht vom Fleck. Ich hatte keine Lust zu scheitern. Man hätte sich auch keinen niederträchtigeren Platz für einen Schiffbruch vorstellen können. Ob wir nun sofort ertranken oder nicht, so war uns doch ein schneller Tod in der einen oder anderen Gestalt gewiß. ›Ich ermächtige Sie, alles zu wagen‹, sagte der Direktor nach einem kurzen Schweigen. ›Ich lehne es ab, irgend etwas zu wagen‹, gab ich kurz zurück; und das war gerade die Antwort, die er erwartet hatte, wenn ihn auch der Ton überraschen mochte. ›Nun, ich muß mich auf Ihr Urteil verlassen, Sie sind der Kapitän‹, sagte er mit betonter Höflichkeit. Ich wandte ihm zum Zeichen meiner Wertschätzung den Rücken zu und sah in den Nebel hinaus. Wie lange würde er anhalten? Es war der denkbar trostloseste Anblick. Die Reise zu diesem Kurtz, der in dem verteufelten Urwald Elfenbein zusammenraffte, war von ebenso vielen Gefahren umlauert, als wäre der Mann eine verzauberte Prinzessin gewesen, die in einem Märchenschlosse schlief. ›Glauben Sie, daß sie angreifen werden?‹ fragte der Direktor in vertraulichem Ton.

Ich glaubte nicht, daß sie angreifen würden, und zwar aus mehreren offensichtlichen Gründen. Einer davon war der dicke Nebel. Wenn sie in ihren Kanus vom Ufer abstießen, so mußten sie sich genauso im Nebel verlieren, wie wir es bei einem Manöver getan hätten. Zwar hatte ich ja auch das Dschungel auf beiden Ufern des Flusses für völlig undurchdringlich gehalten – und doch waren Augen darin gewesen, Augen, die uns gesehen hatten. Die Uferbüsche waren gewiß sehr dicht, aber durch den Unterwuchs dahinter konnte man augenscheinlich doch durchkommen. Jedenfalls aber hatte ich, während des kurzen Aufhellens, nirgends auf dem Strom Kanus gesehen und ganz gewiß keine in der Nähe des Dampfers. Was aber den Gedanken eines Angriffes für mich ausschloß, war die Art des Lärms – der Schreie, die wir gehört hatten. Es hatte darin die stolze Herausforderung gefehlt, die eine unmittelbare feindliche Absicht anzeigte. Unerwartet wild und heftig, wie die Schreie gewesen waren, hatten sie mir doch den zwingenden Eindruck von Trauer erweckt. Der Anblick des Dampfbootes hatte, aus dem oder jenem Grunde, diese Wilden mit fassungslosem Schmerz erfüllt. Wenn also überhaupt eine Gefahr bestand, so lag sie, wie ich mir klarmachte, in der Tatsache, daß wir uns in nächster Nähe einer freigewordenen menschlichen Leidenschaft befanden. Sogar der äußerste Schmerz kann letzten Endes in Gewalt umschlagen, nimmt aber häufiger noch die Form der Gefühllosigkeit an ...

Ihr hättet sehen sollen, wie die Pilger hinausstarrten! Sie hatten nicht mehr das Herz, zu grinsen oder mich zu verspotten – aber sie nahmen wohl an, daß ich verrückt geworden sei – aus Angst vielleicht. Ich hielt einen regelrechten Vortrag. Meine lieben Jungen, es hatte keinen Sinn, sich zu ängstigen. Ausschau halten; Nun, ihr könnt euch ja denken, daß ich den Nebel nach einem Anzeichen, ob er sich heben würde, belauerte, wie eine Katze die Maus belauert. Für alles andere aber waren uns unsere Augen nicht von mehr Nutzen, als wären wir meilentief in einem Haufen Baumwolle begraben gewesen. Ich hatte auch sonst ganz das Gefühl – erstickend, warm, beängstigend. Abgesehen davon, war alles, was ich sagte, wenn es auch ungewöhnlich klang, doch buchstäblich wahr. Das, was wir später als Angriff ansahen, war tatsächlich nichts weiter als ein Versuch, uns zur Umkehr zu bewegen. Die Handlung war weit davon entfernt, ein Angriff zu sein; sie war nicht einmal eine Verteidigung im gewöhnlichen Sinn: sie war von der Verzweiflung eingegeben und letzten Endes nichts als eine Schutzmaßnahme.

Sie entwickelte sich, so würde ich sagen, zwei Stunden, nachdem der Nebel sich gehoben hatte, und begann an einem Punkt etwa eineinhalb Meilen unterhalb der Station von Kurtz. Wir waren gerade langsam um eine Krümmung herumgepaddelt, als ich mitten im Strom eine Insel sah, die kaum mehr als ein strahlend grüner Grashügel schien, die einzige ihrer Art; als wir aber weiter um die Biegung herumkamen, bemerkte ich, daß sie die Spitze einer Sandbank bildete, oder vielmehr einer Kette von Untiefen, die sich in der Mitte des Stromes hinzogen. Sie waren farblos und alle hart an der Oberfläche zu sehen, gerade wie das Rückgrat eines Menschen inmitten des Rückens unter der Haut kenntlich ist. Soviel ich nun sah, konnte ich rechts oder links daran vorbeifahren. Ich kannte natürlich keine der beiden Durchfahrten. Die Ufer sahen auf beiden Seiten ziemlich gleich aus, auch die Tiefe schien die gleiche; da mir aber gesagt worden war, die Station liege auf dem Westufer, so hielt ich natürlich auf die westliche Durchfahrt zu.

Kaum waren wir richtig drin, da merkte ich, daß sie viel enger war, als ich angenommen hatte. Zu unserer Linken lag die ununterbrochene Kette von Untiefen, und rechts das hohe Steilufer, dicht mit Unterwuchs bestanden. Über den Unterwuchs erhoben sich die Bäume in gedrängter Masse. Die Zweige hingen dicht über dem Strom, und da und dort ragte auch ein großer Ast waagrecht hinaus. Es war schon spät am Nachmittag, der Wald stand düster da, und ein breiter Schattenstreifen hatte sich über das Wasser gelegt. In diesem Schattenstreifen dampften wir hinauf – sehr langsam, wie ihr euch vorstellen könnt. Ich hielt das Schiff hart am Ufer, da dort das Wasser am tiefsten war, wie mir das Lot bewies.

Einer meiner hungrigen, langmütigen Freunde lotete im Bug gerade unter mir. Der Dampfer war genau wie ein gedeckter Prahm gebaut. Auf Deck standen zwei kleine Häuser aus Teakholz, mit Türen und Fenstern. Der Kessel war vorn und die Maschine achtern. Über alles war ein leichtes Dach gespannt, das von Eisenstützen getragen wurde. Der Schornstein ging durch das Dach durch, und gerade gegenüber diente eine kleine Kabine, aus Brettern gebaut, als Ruderhaus. Sie enthielt ein Lager, zwei Feldstühle, einen geladenen Martini-Henry-Karabiner, der in einer Ecke lehnte, einen winzigen Tisch und das Steuerrad. An der Stirnseite war eine breite Tür, und auf jeder Seite ein breiter Fensterladen, die natürlich alle immer offen standen. Ich brachte meine Tage dort oben zu, unter dem vordersten Zipfel des Sonnendaches vor der Tür sitzend. Nachts schlief ich auf dem Lager oder versuchte doch, es zu tun. Ein riesenhafter Schwarzer von irgendeinem Küstenstamm, der von meinem armen Vorgänger angelernt worden war, diente als Steuermann. Er prunkte mit messingenen Ohrgehängen, war von den Hüften bis zu den Fersen in eine Decke aus blauem Tuch gehüllt und tat, als ob die ganze Welt ihm gehörte. Er war der unberechenbarste aller Narren, die mir je untergekommen sind. Solange man bei ihm stand, steuerte er unerhört großtuerisch. Sobald man ihn aber aus den Augen ließ, wurde er augenblicks eine Beute abergläubischer Angst und ließ sich von dem Krüppel von Dampfer im Handumdrehen unterkriegen.

Ich blickte zu dem Peilstock hinunter und ärgerte mich beträchtlich, weil nach jeder Lotung ein größeres Stück davon aus dem Wasser herausstand. Da sah ich, wie der Mann das Peilen plötzlich aufgab und sich flach auf Deck hinstreckte, ohne sich auch nur Zeit zu nehmen, seinen Peilstock hereinzuholen. Er hielt ihn aber fest und ließ ihn im Wasser nachschleppen. Gleichzeitig setzte sich der Heizer, den ich ebenfalls unter mir sehen konnte, plötzlich nieder und duckte den Kopf. Ich war verblüfft. Dann hatte ich aber wieder schnell auf den Strom hinauszusehen, denn ein Baumstamm kam uns in den Weg. Stecken, kleine Stecken flogen umher! Sie zischten mir um die Nase, fielen unter mir nieder, prasselten hinter mir gegen mein Ruderhaus. Die ganze Zeit über waren der Strom, die Ufer, die Wälder ganz ruhig, – vollkommen ruhig. Ich konnte nichts hören als das schwere Aufklatschen des Heckrades und das Prasseln dieser kleinen Dinger. Wir wichen umständlich dem Baumstamm aus. Pfeile, bei Gott! Wir wurden beschossen! Ich trat schleunigst ins Haus, um den Laden nach dem Ufer zu zu schließen. Der närrische Steuermann, die Hände an den Speichen, zog die Knie hoch, stampfte mit den Füßen und hatte Schaum vor dem Munde, wie ein hartgezügeltes Pferd. Verdammter Kerl! Und wir paddelten keine drei Meter vom Ufer hin. Ich mußte mich hinauslehnen, um den schweren Laden hereinzuholen, und sah zwischen den Blättern, in gleicher Höhe mit dem meinen, ein Gesicht, das mich stolz und fest anblickte; und plötzlich, als wäre ein Schleier vor meinen Augen weggezogen worden, konnte ich in dem Blattgewirr da und dort eine nackte Brust, Arme, Beine, blitzende Augen ausnehmen – der Busch wimmelte von bewegten menschlichen Gliedern, die in dunkler Bronzefarbe glänzten. Die Zweige bewegten sich, schwangen und raschelten, die Pfeile flogen daraus hervor, und endlich ging der Laden zu. ›Halt ihn auf Kurs‹, sagte ich dem Mann am Ruder. Er hielt den Kopf hochgereckt und sah geradeaus; aber seine Augen rollten, er fuhr immer noch fort, seine Füße langsam hochzuziehen und niederzustoßen, sein Mund schäumte ein wenig. ›Bleib doch ruhig!‹ sagte ich wütend. Ich hätte ebensogut auch einem Baum befehlen können, nicht im Winde zu schwanken. Ich sprang hinaus. Unter mir gab es großes Füßescharren auf dem Eisendeck, ein Durcheinander von Rufen; eine Stimme schrie: ›Können Sie nicht umdrehen?‹ Ich sah eine V-förmige Kräuselung auf dem Wasser vor uns. Was? Noch ein Baumstamm? Unter meinen Füßen brach ein Schützenfeuer los. Die Pilger unterhielten es mit ihren Winchestergewehren und spritzten einfach Blei in den Busch. Eine ganz verteufelte Rauchwolke stieg auf und trieb langsam nach vorn. Ich fluchte darüber. Nun konnte ich weder die Kräuselung noch den Baumstamm sehen. Ich stand spähend in der Tür, und die Pfeile kamen in Schwärmen. Sie mochten vergiftet sein, sahen aber aus, als könnten sie keine Katze töten. Der Busch begann zu heulen. Auch unsere Holzfäller erhoben ein Kriegsgeschrei; ein Büchsenknall gerade hinter mir betäubte mich. Ich sah über die Schulter zurück, und das Ruderhaus war noch voll von dem Lärm und dem Rauch, als ich an das Rad sprang. Der närrische Neger hatte alles im Stich gelassen, um den Laden aufzuwerfen und die Martini-Henry abzufeuern. Er stand in der weiten Öffnung und glotzte, und ich brüllte ihm zu, zurückzukommen, während ich mich mühte, das Schiff nach dem plötzlichen Abfallen wieder auf Kurs zu bringen. Es war kein Platz zum Umkehren, auch wenn ich es gewollt hätte. Der Baumstamm in dem verdammten Rauch mußte ganz nahe sein. Es war keine Zeit zu verlieren, und so hielt ich kerzengerade aufs Ufer zu, einfach aufs Ufer zu, wo, wie ich wußte, das Wasser tief war.

Wir drückten uns langsam an den überhängenden Büschen entlang, in einem Aufrauschen geknickter Zweige und wirbelnder Blätter. Das Schützenfeuer unten brach kurz ab, wie ich es ja erwartet hatte, sobald die Spritzen leer sein würden. Ich wandte den Kopf zurück nach einem scharfen Blitz, der das Ruderhaus durchquerte, beim einen Fensterladen herein, zum andern hinaus. Als ich nach dem närrischen Steuermann sah, der das leere Gewehr schwang und zum Ufer hinüberbrüllte, bemerkte ich undeutliche Gestalten von Männern, die tiefgebückt hinrannten, sprangen und glitten. Etwas Großes erschien in der Luft vor der Fensteröffnung, die Büchse fiel über Bord, der Mann trat schnell zurück, sah mich über seine Schulter weg mit einem ganz ungewöhnlichen, ich möchte sagen vertrauten Ausdruck an und fiel über meine Füße. Seine Schläfe schlug zweimal gegen das Rad, und das Ende eines langen Rohres klapperte herum und warf einen kleinen Feldstuhl über den Haufen. Es sah aus, als hätte er das Ding jemand am Ufer aus den Händen gerissen und bei der Anstrengung das Gleichgewicht verloren. Der dünne Rauch war verflogen, wir waren klar von dem Baumstamm und ein Blick voraus belehrte mich, daß ich nach weiteren hundert Metern ungehindert würde abfallen können, vom Ufer weg; meine Füße fühlten sich so warm und feucht an, daß ich hinuntersehen mußte. Der Mann war auf den Rücken gerollt und starrte gerade zu mir empor; er hielt mit beiden Händen das Stück Rohr umklammert. Es war der Schaft eines Speeres, der, durch die Öffnung entweder geschleudert oder gestoßen, ihn gerade unterhalb der Rippen getroffen hatte; das Blatt war tief eingedrungen, nicht mehr zu sehen und hatte eine scheußliche Wunde gemacht; meine Schuhe waren naß; eine Blutlache lag ganz ruhig, rot leuchtend unter dem Rad; die Augen des Mannes glänzten vor Verwunderung. Wieder brach das Schützenfeuer los. Er sah mich ängstlich an und umklammerte dabei den Speer, wie etwas Kostbares, mit einem Ausdruck, als fürchtete er, ich würde versuchen, ihn ihm wegzunehmen. Ich mußte mich zusammenreißen, um meine Augen von ihm wenden und auf den Kurs achten zu können. Mit einer Hand fühlte ich über meinem Kopf nach der Dampfpfeifenleine und ließ schnell hintereinander Pfiff um Pfiff erschallen. Das Durcheinander wütender und kreischender Rufe brach sofort ab, dann erscholl aus den Tiefen der Wälder eine so zitternde, langgezogene Klage, voll Trauer, Furcht und äußerster Verzweiflung, wie sie wohl dem Abschied der letzten Hoffnung von der Erde folgen könnte. Es gab eine große Bewegung im Busch; der Pfeilregen hörte auf. Einige vereinzelte Schüsse knallten noch scharf – dann ein Schweigen, währenddessen der langsame Schlag des Heckrades deutlich an mein Ohr kam. Ich legte das Ruder hart nach Steuerbord, im Augenblick, als der Pilger im roten Pyjama ganz erhitzt und aufgeregt in der Türe erschien. ›Der Direktor schickt mich…‹ begann er im Dienstton und brach kurz ab. ›Großer Gott‹, sagte er, mit einem Blick auf den Verwundeten.

Wir beiden Weißen standen über ihn gebeugt, und sein glänzender, forschender Blick umfaßte uns beide. Ich sage euch, es sah aus, als wollte er uns jeden Augenblick in verständlicher Sprache eine Frage stellen; aber er starb, ohne einen Laut von sich zu geben, ohne ein Glied zu rühren, ohne mit den Muskeln zu zucken. Erst im allerletzten Augenblick, wie als Antwort auf ein Zeichen, das wir nicht sehen, auf ein Flüstern, das wir nicht hören konnten, erst im letzten Augenblick runzelte er schwer die Stirn, und dieses Runzeln gab seiner schwarzen Totenmaske einen unbeschreiblich düsteren und drohenden Ausdruck. Der Glanz des forschenden Blickes verging schnell in glasige Leere. ›Können Sie steuern?‹ fragte ich den Agenten hastig. Er sah recht zweifelhaft drein; aber ich faßte nach seinem Arm, und er begriff sofort, daß ich ihn steuern machen wollte, ob er es konnte oder nicht. Um die Wahrheit zu gestehen, hatte ich es äußerst eilig, meine Schuhe und Socken zu wechseln. ›Er ist tot‹, murmelte der Bursche tief erschüttert. ›Kein Zweifel darüber‹, sagte ich und zerrte wie verrückt an den Schuhbändern; ›und, nebenbei gesagt, glaube ich, daß Herr Kurtz jetzt schon ebenso tot ist.‹

Für den Augenblick war das der vorherrschende Gedanke. Ich hatte das Gefühl äußerster Enttäuschung, als hätte ich herausgefunden, daß ich auf etwas völlig Unwirkliches aus gewesen war. Ich hätte nicht enttäuschter sein können, hätte ich diesen ganzen Weg zu dem einzigen Zwecke zurückgelegt, um mit Herrn Kurtz sprechen zu können. Sprechen mit... Ich warf einen Schuh über Bord und merkte, daß es gerade das war, worauf ich mich gefreut hatte – ein Gespräch mit Kurtz. Ich machte die merkwürdige Entdeckung, daß ich mir ihn niemals handelnd, sondern immer nur redend vorgestellt hatte. Ich sagte mir nicht, ›nun werde ich ihn niemals sehen‹, oder ›nun werde ich ihm nie die Hand schütteln‹, sondern ›nun werde ich ihn niemals hören.‹ Der Mann erschien mir als eine Stimme. Nicht, als ob ich ihn mit keinerlei Handlung in Verbindung gebracht hätte.

Hatte man mir nicht, in allen Tönen der Eifersucht und Bewunderung, gesagt, daß er mehr Elfenbein gesammelt, eingetauscht, erschwindelt oder gestohlen hatte, als alle die anderen Agenten zusammen? Das war es nicht. Der Schwerpunkt lag in der Tatsache, daß er so reich begabt war und daß von allen seinen Gaben die vorherrschende, die, die sich unaufhörlich bestätigte, seine Rednergabe war, seine Worte – die Gabe des Ausdrucks, die verblüffende, erleuchtende, die erhabenste und verächtlichste, ein brausender Strom von Licht oder eine tückische Flut aus dem Herzen einer undurchdringlichen Finsternis.

Auch der andere Schuh flog zu dem Oberteufel des Flusses hinunter. Ich dachte: ›Bei Gott, nun ist alles vorbei. Wir sind zu spät dran; er ist dahingegangen – seine Gabe ist mit ihm verschwunden, durch irgendeinen Speer, einen Pfeil oder eine Keule. Nun werde ich schließlich den Burschen niemals reden hören – und mein Kummer erreichte eine erstaunliche Gefühlsstärke, fast jener gleich, die ich aus dem Klagegeheul der Wilden im Busch herausgehört hatte. Ich hätte mich nicht trostloser und verlassener fühlen können, hätte man mich eines Glaubens beraubt, oder hätte ich meinen Lebenszweck verfehlt... Warum seufzt denn da einer von euch so niederträchtig? Töricht? Nun gut, töricht. Großer Gott! Muß denn ein Mann immer.... Da, gebt ein bißchen Tabak her...“

Es gab eine lautlose Pause, dann blitzte ein Streichholz auf, und Marlows mageres Gesicht erschien, müde, verfallen, mit senkrechten Falten und geschlossenen Lidern, im Ausdruck gespannter Aufmerksamkeit; und als er kräftig an seiner Pfeife sog, schien das Gesicht, im regelmäßigen Flackern der kleinen Flamme, aus der Nacht auf- und wieder dahin zurückzutauchen. Das Streichholz verlöschte.

„Töricht“, rief er. „Das ist das Ärgste, wenn man zu erzählen versucht... Da seid ihr alle, jeder an zwei guten Adressen festgemacht, wie ein Hulk an zwei Ankern, der Fleischer ums eine Eck, der Wachmann ums andere, vorzüglicher Appetit, Temperatur normal, hört ihr, normal, jahrein, jahraus. Und ihr sagt töricht! Zum Teufel mit eurem Töricht! Töricht! Meine lieben Jungen, was könnt ihr von einem Mann erwarten, der aus reiner

Nervenüberreizung eben ein Paar neue Schuhe über Bord geworfen hatte! Wenn ich es jetzt überdenke, dann wundert es mich, daß ich keine Tränen vergoß. Ich bin im allgemeinen stolz auf meine Seelenstärke. Ich litt schwer unter dem Gedanken, daß ich den unschätzbaren Vorzug verloren haben sollte, dem reichbegabten Kurtz zuzuhören. Natürlich irrte ich mich darin. Der Vorzug erwartete mich. O ja, ich hörte noch mehr als genug. Und ich hatte auch recht. Eine Stimme. Er war nur ganz wenig mehr als eine Stimme. Und ich hörte – ihn – sie – diese Stimme – andere Stimmen – sie alle waren so wenig mehr als Stimmen und die Erinnerung an die Zeit selbst umgibt mich, unfaßbar, wie ein ersterbendes, ungeheures Geschnatter, dumm, grausam, schmutzig, wild, oder einfach gemein, ohne jeden Sinn. Stimmen, Stimmen und sogar das Mädchen selbst – nun…"

Er schwieg lange.

„Ich rettete schließlich das Andenken an seine Gabe mit einer Lüge", begann er plötzlich. „Mädchen! Was? Habe ich ein Mädchen erwähnt? Oh, sie hat gar nichts damit zu tun, ganz und gar nichts. Sic – dic Fraucn mcinc ich – habcn nichts damit zu tun –, sollten auch nichts damit zu tun haben. Wir müssen ihnen behilflich sein, in ihrer eigenen wunderschönen Welt zu bleiben, sonst würde unsere dadurch schlimmer werden. Oh, sie konnte nichts damit zu tun haben. Ihr hättet den ausgegrabenen Leib des Herrn Kurtz sagen hören sollen: ›Meine Braut‹, dann hättet ihr sofort begriffen, wie ganz und gar nichts sie damit zu tun hatte. Und die hohe Stirn des Herrn Kurtz! Man sagte ja, das Haar wachse manchmal weiter, aber dieses – hm – Exemplar war ganz erstaunlich kahl. Die Wildnis hatte ihm auf den Kopf getätschelt, und seht nur, er war zum Ball geworden, zum Elfenbeinball; sie hatte ihn gestreichelt, und seht, er war runzelig geworden; sie hatte ihn umfaßt, geliebt, umarmt, war in seine Adern gedrungen, hatte sein Fleisch verzehrt und seine Seele, durch irgendwelche höllischen Weihen, der ihren vermählt. Er war der verwöhnte, verzogene Günstling der Wildnis. Elfenbein? Es war anzunehmen. Haufen davon. Berge davon. Der alte Lehmschuppen quoll davon über. Man hätte glauben können, kein einziger Zahn wäre über oder unter der Erde im ganzen Lande übriggeblieben. ›Meistens fossil‹, hatte der Direktor geringschätzig bemerkt. Es war nicht fossiler als ich; aber sie nennen es fossil, wenn es ausgegraben ist. Scheinbar vergraben diese Neger mitunter die Zähne – doch offenbar hatten sie diese Menge hier nicht tief genug vergraben können, um den begabten Herrn Kurtz vor seinem Schicksal zu bewahren. Wir füllten den ganzen Dampfer damit und mußten noch einen Teil auf Deck aufstapeln. So konnte er es sehen und sich daran freuen, solange er sehen konnte, denn der Genuß dieser Gnade blieb ihm bis zuletzt beschieden. Ihr hättet ihn sagen hören sollen: ›Mein Elfenbein‹. O ja, ich hörte ihn. ›Meine Braut, mein Elfenbein, meine Station, mein Fluß, mein‹ – alles gehörte ihm. Ich mußte den Atem anhalten, in der Erwartung, die Wildnis in ein furchtbares Gelächter ausbrechen zu hören, das die Sterne erbeben machen würde. Alles gehörte ihm, aber das war eine Kinderei. Die Hauptsache war, herauszubringen, wem er gehörte, wieviel Mächte der Dunkelheit ihn für sich in Anspruch nahmen. Das war eine Erwägung, die einen über und über erschauern ließ. Es war ungewöhnlich – es tat auch nicht gut – wenn man versuchte, es sich vorzustellen. Er hatte einen hohen Platz unter den Teufeln des Landes eingenommen – das meine ich wörtlich. Ihr könnt es nicht verstehen. Wie solltet ihr auch, – mit festem

Boden unter euren Füßen, von freundlichen Nachbarn umgeben, die bereit sind, euch schön zu tun oder in den Rücken zu fallen, fröhlich dahintänzelnd zwischen dem Fleischer und dem Polizisten, im heiligen Abscheu vor Skandal, Galgen und Irrenhaus – wie könnt ihr euch vorstellen, in welche urweltlichen Abgründe die ungehinderten Füße einen Mann tragen mögen, einfach infolge der Einsamkeit – der völligen Einsamkeit, ohne einen Polizisten – und des Schweigens, des völligen Schweigens, wo keine warnende Stimme eines Nachbarn zu hören ist, die von öffentlicher Meinung flüstert? Diese Kleinigkeiten machen den großen Unterschied aus. Sind sie einmal nicht mehr vorhanden, dann müßt ihr zu eurer eigenen Kraft Zuflucht nehmen, zu eurer eigenen Glaubensstärke. Natürlich kann man ja zu närrisch sein, um fehlgehen zu können – zu dickfellig, um auch nur zu begreifen, daß die Mächte der Finsternis einen umlagern. Für mich steht es fest, daß kein Narr je dem Teufel seine Seele verschachert hat: dazu ist der Narr zu sehr Narr, oder der Teufel zu sehr Teufel – ich weiß nicht, was von beiden. Oder man kann ja auch ein so überspanntes Geschöpf sein, daß man für alles, außer himmlischen Bildern und Klängen, blind und taub ist. Dann ist die Erde für einen nur ein Übergang – und ich möchte nicht entscheiden, ob es ein Vorteil oder Nachteil ist, so geartet zu sein; aber viele von uns sind ja weder für das eine noch das andere. Die Erde ist für uns der Ort, an dem wir leben müssen, an dem wir uns mit Anblicken, Tönen, auch mit Gerüchen, bei Gott, abfinden müssen, wo wir auch einmal verfaultes Flußpferdfleisch riechen müssen, ohne uns vom Ekel unterkriegen zu lassen. Und hier, seht ihr, hier kommt eure Kraft ins Spiel, der Glaube an die eigene Fähigkeit, unauffällige Löcher zu graben, um das Zeug darin zu verbergen – die Kraft eurer Hingabe, nicht an euch selbst, sondern an ein finsteres, widerwärtiges Geschäft. Und das ist schwer genug. Merkt es euch, ich versuche weder zu entschuldigen, noch zu erklären – ich versuche nur mir selbst Rechenschaft zu geben über – über – Herrn Kurtz – den Schatten des Herrn Kurtz. Dieser Wiedergänger aus dem großen Nirgends, in die letzten Geheimnisse eingeweiht, beehrte mich mit seinem überwältigenden Vertrauen, bevor er endgültig verschwand. Der Grund dafür war, daß er Englisch mit mir sprechen konnte. Der ursprüngliche Kurtz war teilweise in England erzogen worden, und wie er sich wohl am besten selbst sagen konnte: seine Zuneigung war am rechten Platz. Seine Mutter war halbe Engländerin gewesen, sein Vater halber Franzose. Ganz Europa hatte bei der Erzeugung von Kurtz mitgeholfen; und nach und nach erfuhr ich auch, daß die Internationale Gesellschaft zur Unterdrückung wilder Sitten ihn sinnigerweise mit der Abfassung eines Berichtes betraut hatte, der in Zukunft als Richtschnur dienen sollte. Diesen Bericht hatte er auch geschrieben. Ich habe ihn gesehen. Ich habe ihn gelesen. Er war schwungvoll beredt, aber vielleicht doch etwas überspannt, denke ich. Er hatte Zeit gefunden, siebzehn Seiten eng vollzuschreiben! Doch das muß geschehen sein, bevor er es, sagen wir, mit den Nerven zu tun bekam und er dazu überging, bei gewissen mitternächtlichen Tänzen den Vorsitz zu führen; diese Tänze endeten mit unaussprechlichen Riten, die, soviel ich widerstrebend nach und nach aus verschiedenen Mitteilungen entnehmen konnte, ihm dargebracht wurden – versteht ihr mich – Herrn Kurtz persönlich. Aber der Bericht war prachtvoll geschrieben. Heute allerdings, auf Grund der Mitteilungen, die ich seither erhalten habe, erscheint mir die Einleitung von übler Vorbedeutung. Er begann mit der Behauptung, daß wir Weißen, auf der Höhe der

Entwicklung, die wir erreicht hätten, ihnen (den Wilden) notwendig als übernatürliche Wesen erscheinen, – ihnen mit göttlicher Machtvollkommenheit entgegentreten müßten, und so weiter, und so weiter. Durch einfache Anspannung unseres Willens könnten wir tatsächlich eine unbeschränkte Macht zum Guten ausüben, und so weiter, und so weiter. Von diesem Ausgangspunkt erhob er sich in die Lüfte und riß mich mit sich. Die Ausführungen waren prachtvoll, wenn auch nicht leicht zu behalten. Sie gaben mir die Vorstellung exotischer Weiten, über die ein erhabenes Wohlwollen herrscht. Ich bebte vor Begeisterung. Das war die schrankenlose Macht der Beredsamkeit – der Worte – der glühenden, schönen Worte. Keine praktischen Winke unterbrachen den Zauberstrom der Phrasen, wenn man nicht eine Art Fußnote am Ende der letzten Seite, offenbar viel später und mit zitteriger Hand mit Bleistift hingekritzelt, als Ausführungsbestimmung gelten lassen wollte. Sie war sehr kurz gefaßt und traf einen, am Ende dieses ergreifenden Mahnrufes zur Nächstenliebe, völlig unerwartet, wie ein Blitz aus heiterem Himmel: ›Alle die Hunde ausrotten!‹ Das Merkwürdige dabei war, daß er diese gewichtige Nachschrift augenscheinlich ganz vergessen hatte; denn später, als er teilweise wieder zu sich kam, beschwor er mich wiederholt, auf sein ›Pamphlet‹, wie er es nannte, zu achten, da er sich davon den günstigsten Einfluß auf seine künftige Laufbahn versprach. Ich war über alle diese Dinge genau unterrichtet und sollte, wie sich später zeigte, überdies auch sein Andenken hüten. Ich habe genug dafür getan, um das unbestreitbare Recht für mich in Anspruch nehmen zu können, daß ich es nach Gutdünken auch im Mülleimer des Fortschritts hätte zu ewiger Ruhe bestatten dürfen, mitten unter dem Kehricht und den, bildlich gesprochen, toten Katzen der

Zivilisation. Aber seht ihr, ich kann ja nicht nach meinem Gutdünken handeln. Er wird nicht vergessen werden. Was immer er auch war, er war nicht alltäglich. Er hatte die Macht, unverdorbene Gemüter so zu bezaubern oder zu erschrecken, daß sie ihm zu Ehren einen Teufelstanz mit erschwerenden Begleitumständen aufführten. Er konnte auch die kleinen Seelen der Pilger mit bitterer Befürchtung erfüllen: er hatte zumindest einen ergebenen Freund und hatte in der Welt eine Seele gewonnen, die vielleicht nicht unverdorben, aber auch nicht eigennützig war. Nein, ich kann ihn nicht vergessen, wenn ich auch nicht unbedingt behaupten möchte, daß der Bursche den Toten wert war, den uns die Fahrt zu ihm kostete. Ich vermißte meinen verstorbenen Steuermann schwer – begann ihn schon zu vermissen, während sein Leichnam noch im Ruderhaus lag. Vielleicht werdet ihr dieses Bedauern für einen Wilden übertrieben finden, der ja ebenso unwichtig war wie ein Sandkorn in einer schwarzen Sahara. Nun, seht ihr, der Bursche hatte etwas getan, er hatte gesteuert; Monate durch hatte ich ihn hinter mir gehabt – eine Hilfe – ein Werkzeug. Es war eine Art Gemeinschaft. Er steuerte für mich – ich hatte nach ihm zu sehen, mich über seine Fehler zu ärgern, und so war ein loses Band entstanden, das mir erst zum Bewußtsein kam, als es plötzlich gerissen war. Und die vertraute Tiefe des Blickes, den er mir zuwarf, als er seine Wunde empfangen hatte, ist mir bis zu diesem Tage in Erinnerung – als hätte er, im letzten Augenblick, eine entfernte Verwandtschaft geltend machen wollen.

Armer Kerl! Hätte er nur den Fensterladen in Ruhe gelassen! Er hatte keine Hemmungen, keine Hemmungen – genau wie Kurtz – ein Baum, der im Winde schwankte. Sobald ich ein Paar trockene Pantoffel angezogen hatte, schleppte ich ihn hinaus, nachdem ich erst den Speer aus seiner Wunde gezogen hatte; das war, wie ich zugebe, mit fest geschlossenen Augen geschehen. Seine Fersen hüpften nebeneinander über die niedrige Schwelle; seine Schultern hielt ich an meine Brust gedrückt; ich zog ihn verzweifelt rücklings hinter mir her. Oh! er war ziemlich schwer; schwerer als irgendein Erdenmensch, sollte ich meinen. Dann kippte ich ihn ohne alle weiteren Förmlichkeiten über Bord. Die Strömung riß ihn mit, als wäre er ein Grasbündel gewesen, und ich sah den Körper sich zweimal überschlagen, bevor er mir für immer aus den Augen entschwand. Alle die Pilger und der Direktor waren unter dem Sonnensegel rings um das Ruderhaus versammelt, schnatterten untereinander wie eine Schar aufgeregter Gänse, und es gab ein Murmeln der Empörung über meine herzlose Eilfertigkeit. Warum, nach ihrer Meinung, der Leichnam länger hätte herumliegen sollen, kann ich mir nicht vorstellen. Vielleicht wollten sie ihn einbalsamieren. Ich hatte aber auch ein anderes und sehr unheilkündendes Murmeln unter mir auf Deck gehört. Meine Freunde, die Holzfäller, waren gleichermaßen entrüstet, und mit einem großen Anschein von Recht – obwohl ich zugebe, daß der Grund selbst ganz unzulässig war. Ganz recht! Ich hatte den Entschluß gefaßt, daß, wenn mein verstorbener Steuermann gefressen werden sollte, ihn die Fische allein haben sollten. Er war zu Lebzeiten ein sehr minderwertiger Steuermann gewesen, jetzt aber, da er tot war, hätte er leicht eine sehr vollwertige Versuchung werden und einen Aufruhr entfesseln können. Überdies mußte ich auch schleunigst das Steuerrad übernehmen, da sich der Mann im roten Pyjama als hoffnungsloser Stümper erwies.

Das tat ich, sobald das einfache Begräbnis vorüber war. Wir fuhren mit halber Kraft, hielten uns gut in der Mitte des Stromes, und ich horchte auf das Gerede über mich. Sie hatten Kurtz aufgegeben und hatten die Station aufgegeben; Kurtz war tot, die Station war niedergebrannt und so weiter und so weiter. Der rothaarige Pilger war außer sich bei dem Gedanken, daß der arme Kurtz zum wenigsten gehörig gerächt worden war. ›Sagen Sie doch! Wir müssen ein wahres Blutbad unter denen im Busch angerichtet haben, wie? Was denken Sie, sagen Sie!‹ Er tanzte geradezu herum, der blutdürstige, rotköpfige kleine Wicht. Und er war fast ohnmächtig geworden, als er den Verwundeten erblickt hatte! Ich konnte mich nicht enthalten zusagen: ›Sie haben jedenfalls eine glorreiche Rauchwolke zustande gebracht.‹ Ich hatte an der Art, wie die Spitzen der Büsche schwankten, sofort erkannt, daß fast alle Schüsse zu hoch gegangen waren. Man kann natürlich nichts treffen, wenn man nicht an der Schulter anschlägt und zielt; die Kerle aber hatten mit geschlossenen Augen, von der Hüfte aus gefeuert. Der Rückzug, behauptete ich – und ich hatte recht – , war durch das Kreischen der Dampfpfeife verursacht. Daraufhin vergaßen sie Kurtz und begannen mich mit lautem, entrüstetem Widerspruch zu überschütten.

Der Direktor stand nahe beim Rad und murmelte vertraulich etwas von der Notwendigkeit, unbedingt noch vor Dunkelheit den Strom wieder hinabzukommen, als ich in einiger Entfernung eine Lichtung am Ufer und die Umrisse einer Art von Gebäude sah.›Was ist das?‹ fragte ich. Er schlug verwundert die Hände zusammen.›Die Station‹, rief er. Ich hielt sofort darauf zu, immer noch mit halber Kraft. Durch mein Glas sah ich einen Hügelhang, mit wenigen Bäumen bestanden und ganz frei von Unterwuchs. Ein langes, verfallenes Gebäude auf dem Gipfel war halb in dem hohen Gras begraben; die großen Löcher in dem spitzen Dach gähnten von weitem schwarz her; das Dschungel und die Wälder bildeten den Hintergrund. Es gab keine Umzäunung oder Abgrenzung irgendwelcher Art. Doch war augenscheinlich eine dagewesen, denn nahe beim Hause standen noch ein halb Dutzend dünner Pfähle in einer Reihe, roh behauen und an ihrem oberen Ende mit runden, geschnitzten Kugeln geschmückt. Das Gitter, oder was sonst sie untereinander verbunden hatte, war verschwunden. Natürlich schloß der Wald das alles ein. Das Ufer war geräumt, und hart am Wasser sah ich einen weißen Mann unter einem Hut von der Größe eines Wagenrades, der unermüdlich mit dem ganzen Arm winkte. Während ich die Waldkante oben und unten beobachtete, glaubte ich ganz gewiß Bewegungen zu sehen, menschliche Formen, die da- und dorthinglitten. Ich dampfte vorsichtig vorbei, stoppte dann die Maschine und ließ das Schiff zurücktreiben. Der Mann am Ufer begann zu brüllen und forderte uns dringend auf, zu landen.›Wir sind angegriffen worden‹ schrie der Direktor. ›Ich weiß, ich weiß. Schon recht‹, kreischte der andere zurück, so herzlich wie möglich. ›Kommt nur, es ist schon recht, ich freue mich.‹

Sein Anblick erinnerte mich an etwas, das ich gesehen hatte – etwas Lustiges, das ich irgendwo gesehen hatte. Während ich manövrierte, um anlegen zu können, überlegte ich,›wie sieht der Bursche aus?‹ Plötzlich hatte ich es. Er sah aus wie ein Harlekin. Seine Kleider waren aus einem Zeug gemacht, das ursprünglich wohl braunes Leinen gewesen, jetzt aber über und über mit Flicken besetzt war, mit bunten Flicken, blau, rot und gelb, hinten und vorn, an den Ellbogen und den Knien; eine farbige Kante rings um seine Jacke, ein scharlachroter Besatz an den Hosensäumen; und im Sonnenschein sah er unendlich lustig und dabei sehr sauber aus, und man merkte genau, wie sorgfältig die

Flickarbeit gemacht worden war. Ein bartloses Knabengesicht, sehr blond, keine ausgeprägten Züge, eine Nase, die sich eben schälte, kleine, blaue Augen, Lächeln und Stirnrunzeln, die einander auf dem offenen Gesicht folgten, wie Sonnenschein und Schatten auf einer windgepeitschten Ebene. ›Achtung, Kapitän!‹ rief er. ›Da ist letzte Nacht ein Baumklotz angeschwemmt worden.‹ – ›Was, noch ein Baumstamm?‹ Ich gestehe, daß ich schamlos fluchte. Zum guten Ende der entzückenden Reise hätte ich um ein Haar noch ein Loch in meinen armen Krüppel von Dampfer gerannt. Der Harlekin am Ufer wandte mir seine kleine Stupsnase zu. ›Sie englisch?‹ fragte er mit breitestem Lächeln. ›Sind Sie's?‹ rief ich vom Rad aus hinüber. Das Lächeln verschwand, und er schüttelte den Kopf, als täte ihm meine Enttäuschung leid. Dann klarte er wieder auf. ›Macht nichts‹, rief er ermutigend. ›Kommen wir rechtzeitig?‹ fragte ich. ›Er ist dort oben‹, gab er zurück, deutete mit dem Kopf den Hügel hinauf und wurde mit einmal ganz düster. Sein Gesicht war wie der Herbsthimmel, umwölkt in einem Augenblick und ganz klar im nächsten. Als der Direktor inmitten der Pilger – allesamt bis an die Zähne bewaffnet – zu dem Haus hinaufgegangen war, kam der komische Kauz an Bord. ›Ich muß Ihnen sagen, mir gefällt das nicht. Die Eingeborenen sind im Busch‹, sagte ich. Er versicherte mir ernsthaft, es sei alles in Ordnung. ›Es sind einfältige Leute‹, fügte er hinzu. ›Nun, ich freue mich, daß Sie gekommen sind. Ich hatte unaufhörlich zu tun, sie abzuwehrend.‹ – ›Aber Sie sagten ja eben, es sei alles in Ordnung‹, rief ich. – ›Oh, sie hatten nichts Böses im Sinn‹, sagte er und verbesserte sich unter meinem starren Blick: ›Das nicht gerade.‹ Dann rief er lebhaft: ›Ihr Ruderhaus muß sauber gemacht werden!‹ In einem Atem riet er mir, Dampf im Kessel zu halten, um im Notfall die Dampfpfeife blasen zu können. ›Ein guter Pfiff wird mehr für Sie tun, als alle die Gewehre. Es sind einfältige Leute‹, wiederholte er. Er plapperte mit solcher Geschwindigkeit weiter, daß ich ganz verblüfft war. Er schien sich für endloses Schweigen schadlos halten zu wollen und deutete auch unmittelbar darauf lachend an, daß das tatsächlich der Fall war. ›Sprechen Sie nicht mit Herrn Kurtz‹ fragte ich. –›Mit dem Mann spricht man nicht, man hört ihm zu‹, gab er mit größter Begeisterung zurück.›Jetzt aber –‹, er schwenkte den Arm und war im Umsehen inmitten tiefster Verzweiflung. Im Augenblick darauf kam er aber mit einem Satz wieder in die Höhe, ergriff meine beiden Hände, schüttelte sie unaufhörlich und stammelte: ›Bruder Seemann ... Ehre ... Freude ... Entzücken ... mich vorstellen ... Russe ... Sohn eines Erzpriesters ... Gouvernement Tamor ..., was? ... Tabak! Englischer Tabak; der ausgezeichnete englische Tabak! Nun, das ist brüderlich. Rauchen? Gibt es einen Seemann, der nicht raucht?‹

Die Pfeife beruhigte ihn, und ich brachte nach und nach heraus, daß er von der Schule entlaufen und auf einem russischen Schiff in See gegangen war; nochmals durchgebrannt, hatte er eine Zeit auf englischen Schiffen gedient und war nun mit dem Erzpriester ausgesöhnt. Das hob er eigens hervor. ›Wenn man jung ist, muß man vieles sehen, Erfahrungen und Ideen sammeln, den Horizont erweitern.‹– ›Hier!‹ unterbrach ich ihn. – ›Das kann man nie sagen. Hier habe ich Herrn Kurtz getroffen‹, gab er zurück, ganz jungenhaft feierlich und vorwurfsvoll. Daraufhin hielt ich den Mund. Es ergab sich, daß er ein holländisches Handelshaus an der Küste überredet hatte, ihn mit Waren und Vorräten auszustatten, und ins Innere aufgebrochen war, mit leichtem Herzen und ahnungslos wie ein Kind über das, was ihm bevorstehen mochte. Er war an dem Strom fast zwei Jahre lang allein herumgezogen, von allem und allen abgeschnitten. ›Ich bin nicht so jung, wie ich aussehe, ich bin fünfundzwanzig‹, sagte er. ›Zuerst meinte der alte Van Shuyten, ich sollte zum Teufel gehen‹, erzählte er freudig weiter, ›aber ich klammerte mich an ihn und redete und redete, bis er Angst bekam, ich würde seinem Lieblingshund das Hinterbein wegreden, und so gab er mir ein paar billige Sachen und ein paar Gewehre und sagte, er hoffte, mein Gesicht nie wieder zu sehen. Der gute alte Holländer, Van Shuyten. Ich habe ihm vor einem Jahr einen kleinen Posten Elfenbein geschickt, so daß er mich nicht einen kleinen Dieb heißen kann, wenn ich wiederkomme. Hoffentlich hat er es bekommen. Und um alles andere kümmere ich mich nicht. Ich habe etwas Holz für Sie aufgestapelt. Das dort war mein altes Haus. Haben Sie es gesehen?‹

Ich gab ihm Towsons Buch. Er tat, als wollte er mich küssen, hielt sich aber zurück. ›Das einzige Buch, das ich zurückgelassen habe – und ich dachte, ich hätte es verloren‹, sagte er und betrachtete es begeistert. ›Einem Menschen, der allein herumzieht, stoßen so viele Zwischenfälle zu, wissen Sie. Manchmal schlagen Kanus um – und manchmal muß man so schnell davon, wenn die Leute böse werden.‹ Er durchblätterte die Seiten. ›Sie haben Randbemerkungen in Russisch eingeschrieben‹, fragte ich. Er nickte. ›Ich dachte, es wäre eine Geheimschrift‹, sagte ich. Er lachte, wurde aber gleich ernst. ›Ich hatte die größte Mühe, die Leute fern zu halten‹, sagte er. – ›Wollten sie Sie töten?‹ fragte ich. ›O nein‹, rief er und brach ab. – ›Warum haben sie uns angegriffen?‹ fuhr ich fort. Er zögerte und sagte dann beschämt: ›Sie wollen nicht, daß er fortgeht!‹ – ›Wollen sie das nicht?‹ fragte ich neugierig zurück. Er nickte geheimnisvoll, schwer und weise. ›Ich sage Ihnen‹, rief er plötzlich, ›dieser Mann hat meinen Horizont erweiterte.‹ Er öffnete beide Arme weit und starrte mich mit den kleinen blauen Augen an, die ganz kreisrund waren."

## III

„Ich sah ihn an, in Verwunderung verloren. Da stand er vor mir, kostümiert, als wäre er einer Komödiantentruppe entlaufen, begeistert, unwahrscheinlich. Sein Dasein selbst war unwahrscheinlich, unerklärlich und ganz und gar verwunderlich. Er war ein unlösbares Problem. Es war unbegreiflich, wie er hatte leben, wie er hatte so weit kommen können, wie er es fertiggebracht hatte, durchzukommen – und warum er sich nicht im Augenblick in Nichts auflöste. ›Ich ging ein wenig weiter‹, sagte er, ›und dann noch ein wenig weiter – bis ich nun so weit gekommen bin, daß ich nicht mehr weiß, wie ich jemals zurückkehren soll. Macht nichts. Massenhaft Zeit. Wird sich schon finden. Nehmen Sie Kurtz schnell weg – schnell, sage ich Ihnen.‹ Der Zauber der Jugend überglänzte seine bunten Flicken, seine Verkommenheit und Einsamkeit, die trostlosen Male seines ziellosen Wanderns. Monate lang – Jahre lang, war sein Leben keinen Pfifferling wert gewesen; und da stand er nun vor mir, ganz springlebendig, hochherzig, unbekümmert und allem Anschein nach unantastbar, nur infolge seiner jungen Jahre und seiner bedenkenlosen Kühnheit. Ich fühlte mich zu etwas wie Bewunderung, ja Neid verleitet. Ein Zauber trieb ihn voran, ein Zauber hielt ihn unversehrt. Er verlangte sicher nichts weiter von der Wildnis als Raum, um atmen und immer weiter wandern zu können. Er wollte leben und unter den denkbar größten Gefahren und schlimmsten Entbehrungen sich weiterbewegen. Wenn je der völlig reine, nicht berechnende, wirklichkeitsfremde Abenteurergeist ein menschliches Wesen beherrscht hatte, so diesen flickenbesäten Jungen. Ich beneidete ihn beinahe um den Besitz der kleinen, klaren Flamme. Sie schien alle Gedanken an ihn selbst so gründlich aufgezehrt zu haben, daß man sogar, während er mit einem sprach, völlig vergaß, er selbst – der Mann da vor einem – sei durch alle diese Dinge gegangen. Seine Ergebenheit für Kurtz allerdings neidete ich ihm nicht. Darüber hatte er nicht gegrübelt. Die hatte ihn überkommen, und er hatte sie mit übereifrigem Fatalismus hingenommen. Ich muß sagen, daß mir diese Ergebenheit das weitaus Gefährlichste schien, was ihm je begegnen konnte.

Die Begegnung zwischen den beiden war unvermeidlich gewesen, wie die zweier Schiffe, die in einer Windstille festliegen und schließlich Seite an Seite getrieben werden. Ich nahm an, daß Kurtz einen Zuhörer wünschte, denn bei einer bestimmten Gelegenheit, als sie im Walde gelagert, hatten sie die ganze Nacht miteinander gesprochen, oder wahrscheinlicher: Kurtz hatte gesprochen. ›Wir sprachen von allem Möglichen‹, erzählte er, noch ganz hingerissen von seiner Erinnerung. ›Ich vergaß völlig, daß es so etwas wie Schlaf gab. Die ganze Nacht schien kaum eine Stunde zu währen. Über alles – über alles ... auch über Liebe.‹ – ›Oh, er hat mit Ihnen über Liebe gesprochen!‹ sagte ich sehr belustigt. ›Es ist nicht, was Sie glauben‹, unterbrach er mich fast leidenschaftlich. ›Es war ganz allgemein. Er ließ mich Dinge sehen – Dinge ...‹

Er warf die Arme hoch. Wir standen nebeneinander auf Deck, und der Häuptling meiner Holzfäller, der sich in der Nähe herumdrückte, wandte ihm seine schweren, glitzernden Augen zu. Ich sah in die Runde, und ich weiß nicht warum, aber ich versichere euch, daß nie, nie zuvor das Land, der Strom, das Dschungel und auch die Wölbung des strahlenden Himmels mir so hoffnungslos finster erschienen waren, undurchdringlich für jeden menschlichen Gedanken, so unbarmherzig gegen jede menschliche Schwäche. ›Und seither sind Sie natürlich immer bei ihm gewesen;‹ fragte ich.

Im Gegenteil. Es schien, daß ihr Verkehr aus verschiedenen Ursachen mehrfach unterbrochen worden war. Er hatte es fertiggebracht, wie er mir stolz mitteilte, Kurtz während zwei Krankheiten zu pflegen. (Das erwähnte er, als wäre es ein recht gefährliches Unternehmen gewesen.) Doch meistens wanderte Kurtz allein tief in den Wäldern herum. ›Oft, wenn ich in diese Station kam, hatte ich Tage und Tage lang zu warten, bis er auftauchte‹, sagte er. ›Oh, es war der Mühe wert, zu warten – manchmal.‹ – ›Was tat er? Forschen, oder was sonst‹‹ fragte ich. – ›O ja, natürlich.‹ Er hatte eine Menge Dörfer entdeckt, auch einen See – der Russe wußte nicht genau, in welcher Richtung; es war gefährlich, zuviel zu fragen – meistens aber hatten die Expeditionen dem Elfenbein gegolten. ›Er hatte aber doch schon längst keine Tauschwaren mehr‹, warf ich ein. – ›Sogar jetzt sind noch eine Menge Patronen übrig‹, meinte er und sah weg. ›Er plünderte also das Land, kurz gesagt‹, sagte ich. Der andere nickte. ›Doch nicht er allein?‹ Der Russe murmelte etwas über die Dörfer rund um den See. ›Kurtz hat den Stamm dazu gebracht, ihm zu folgen, ja?‹ riet ich. Er zauderte ein wenig. ›Sie beteten ihn an‹, sagte er. Der Ton dieser Worte war so außergewöhnlich, daß ich ihn forschend ansah. Das Gemisch aus Bereitwilligkeit und Widerstreben, wenn er von Kurtz sprechen sollte, war lustig zu sehen. Der Mann erfüllte sein Leben, beschäftigte seine Gedanken, beherrschte seine Gefühle. ›Was wollen Sie;‹ brach er los. ›Er kam zu ihnen mit Donner und Blitz – sie hatten nie etwas Ähnliches gesehen – und so schrecklich! Er konnte wirklich schrecklich sein. Man kann Herrn Kurtz nicht beurteilen wie einen gewöhnlichen Menschen. Nein, nein! Da – nur um Ihnen einen Begriff zu geben – es macht mir nichts aus, Ihnen zu erzählen, daß er auch mich eines Tages erschießen wollte. Aber ich verurteile ihn nicht.‹ – ›Was, erschießen!‹ rief ich, ›weshalb?‹ – ›Nun, ich besaß einen kleinen Posten Elfenbein, den mir der Häuptling des Dorfes nächst meinem Hause gegeben hatte. Ich pflegte für ihn Wild zu schießen, wissen Sie. Nun, Kurtz wollte es haben und ließ keine Widerrede gelten. Er erklärte mir, er würde mich erschießen, wenn ich ihm nicht das Elfenbein gäbe und mich dann aus dem Lande davonmachte, denn das könnte er tun und es machte ihm Spaß, und nichts auf Erden könnte ihn hindern, jeden nach seinem Belieben zu töten. Und das stimmte auch. Ich gab ihm das Elfenbein. Was lag mir daran! Aber ich verließ das Land nicht. Nein, nein. Ich konnte ihn nicht verlassen. Natürlich mußte ich vorsichtig sein, bis wir wieder eine Zeitlang freundschaftlich miteinander standen. Damals erkrankte er zum zweiten Male. Nachher mußte ich mich wieder aus dem Wege halten; aber es machte mir nichts aus. Er lebte die meiste Zeit in den Dörfern am See. Wenn er an den Strom herunterkam, dann kam er manchmal wieder zu mir, und manchmal war es für mich ratsamer, vorsichtig zu sein. Der Mann litt zu sehr. Er haßte dies alles hier und konnte sich doch nicht davon losreißen. Als sich mir einmal die Gelegenheit bot, bat ich ihn, doch den Versuch zum Weggehen zu machen, solange es noch Zeit sei. Ich bot ihm an, mit ihm zurückzugehen. Und er sagte ja und blieb dann doch;

ging nochmals auf die Elfenbeinjagd, verschwand für Wochen, vergaß sich ganz unter diesen Leuten – vergaß sich – Sie verstehen.‹ – ›Nun, er ist verrückt‹, sagte ich. Er widersprach entrüstet. Herr Kurtz konnte nicht verrückt sein. Wenn ich ihn reden gehört hätte, erst vor zwei Tagen, dann würde ich eine solche Andeutung gar nicht wagen ... Ich hatte mein Fernglas aufgenommen, während wir sprachen, sah nach dem Ufer und suchte die Waldgrenze zu beiden Seiten und hinter dem Hause ab. Es war mir ein unbehagliches Gefühl, zu wissen, daß Leute in dem Busch steckten, so schweigend und reglos wie die Ruinen des Hauses auf dem Hügel. Nichts im Gesicht der Landschaft sprach von dieser fabelhaften Geschichte, die mir ja nicht so sehr erzählt, als vielmehr in Ausrufen der Verzweiflung und abgerissenen Sätzen mitgeteilt wurde, dann und wann von einem Achselzucken oder einer Gebärde unterbrochen, die in einem tiefen Seufzer endete. Die Wälder standen unbewegt wie eine Maske, wuchtig wie das geschlossene Tor eines Gefängnisses, sahen mir entgegen mit dem Ausdruck verborgenen Wissens, geduldiger Erwartung, unverbrüchlichen Schweigens. Der Russe erzählte mir gerade, Herr Kurtz sei erst ganz kürzlich zum Strom heruntergekommen und habe alle die Krieger des Stammes am See mitgebracht. Er war mehrere Monate weg gewesen – um sich anbeten zu lassen, nehme ich an – und war unerwartet heruntergekommen, offenbar in der Absicht, einen Plünderzug entweder nach der anderen Seite des Stromes, oder stromabwärts zu unternehmen. Offenbar hatte der Hunger nach noch mehr Elfenbein sich stärker erwiesen als die – wie soll ich sagen – weniger materiellen Wünsche. Jedenfalls aber hatte sich sein Befinden sehr verschlechtert. ›Ich hörte, daß er hilflos im Bett liege, und nützte die Gelegenheit aus, hinaufzukommen‹, sagte der Russe. ›Oh, es geht ihm schlecht, sehr schlecht!‹ Ich richtete mein Glas auf das Haus. Auch dort waren keine Lebenszeichen zu sehen, aber das zerstörte Dach war da und die lange Lehmmauer, die über das Gras emporragte, mit drei kleinen Fensteröffnungen darin, von denen nicht zwei von der gleichen Größe waren; all das war mir zum Greifen nahegerückt. Und dann machte ich eine hastige Bewegung, und einer der übriggebliebenen Pfosten des verschwundenen Zaunes sprang in das Sehfeld meines Glases. Ihr erinnert euch ja, daß ich euch sagte, wie mich aus der Ferne gewisse Ansätze zu Verzierungen überrascht hatten, die, angesichts der sonstigen Verkommenheit des Ortes, auffallend genug wirkten. Nun konnte ich es plötzlich aus größter Nähe sehen, und die erste Folge war, daß ich wie unter einem Schlag den Kopf zurückwarf. Dann ging ich sorgfältig mit meinem Glas einen Pfosten nach dem anderen ab und sah meinen Irrtum ein. Diese runden Kugeln waren nicht Verzierungen, sondern Wahrzeichen. Sie waren ausdrucksvoll und überwältigend, erschreckend und ergreifend – Nahrung für allerlei Gedanken und auch für die Geier, wenn irgendwelche vom Himmel heruntergesehen hätten; jedenfalls aber für alle Ameisen, die sich die Mühe nehmen wollten, den Pfosten hinaufzuklettern. Sie wären sogar noch eindrucksvoller gewesen, diese Köpfe auf den Pfählen, hätten sie die Gesichter nicht dem Haus zugekehrt. Nur einer, der erste, den ich erkannt hatte, sah zu mir her. Ich war nicht so entsetzt wie ihr wohl denken werdet. Mein Zurückzucken war weiter nichts als eine Regung der Überraschung gewesen. Ich hatte erwartet, eine geschnitzte Holzkugel dort oben zu finden. Nun wandte ich mich überlegt dem ersten der Köpfe wieder zu – und da war er also, schwarz, vertrocknet, eingesunken, mit geschlossenen Augenlidern – ein

Kopf, der auf der Spitze des Zaunpfahles zu schlafen und da die verschrumpften Lippen die weißen Zähne entblößten, auch zu lächeln schien, ein unaufhörliches Lächeln über einen endlos heiteren Traum, der den ewigen Schlummer durchzog.

Ich verrate keine Geschäftsgeheimnisse. Tatsächlich sagte der Direktor später, daß die Methoden des Herrn Kurtz den Distrikt ruiniert hätten. Sie bewiesen nur, daß es Herr Kurtz an Hemmungen bei der Befriedigung seiner verschiedenen Lüste fehlen ließ, daß ihm kurz und gut etwas abging, irgendeine Kleinigkeit, die im äußersten Notfall unter seinem wundervollen Redefluß nicht zu finden war. Ob er selbst sich des Mangels bewußt war, kann ich nicht sagen. Ich denke, das Bewußtsein kam ihm ganz zum Schluß – im letzten Augenblick. Die Wildnis aber hatte den Mangel schnell gemerkt und hatte an ihm für den verrückten Einbruch eine furchtbare Rache genommen. Ich denke mir, sie hat ihm Dinge über ihn selbst zugeflüstert, die er nicht wußte, Dinge, von denen er keinen Begriff hatte, bis er mit der großen Einsamkeit zu Rate gegangen war – und dieses Flüstern hatte sich als unwiderstehlich und bezaubernd erwiesen. Es fand lauten Widerhall in ihm, weil er innerlich hohl war ... Ich setzte das Glas ab, und der Kopf, der nahe genug zu sein schien, daß ich hätte mit ihm reden können, schien im Augenblick in unerreichbare Fernen zurückzuschnellen.

Der Bewunderer des Herrn Kurtz schien ein wenig bestürzt. Mit hastiger, deutlicher Stimme begann er mir zu versichern, er habe es nicht gewagt, diese Symbole herunterzunehmen. Die Eingeborenen fürchtete er nicht. Die Häuptlinge kamen jeden Tag, um Herrn Kurtz zu sehen. Sie krochen vor ihm ... ›Ich will nichts von dem Zeremoniell wissen, das für das Erscheinen vor

Herrn Kurtz vorgeschrieben ist‹, brüllte ich. Merkwürdig genug überkam mich das Gefühl, daß solche Einzelheiten unerträglicher sein mußten, als der Anblick der Köpfe, die dort auf den Zaunpfosten unter Herrn Kurtz' Fenster dörrten. Denn schließlich war dieser Anblick nur wild, während mich die kurze Andeutung mit einem Schlag in den lichtlosen Bereich letzter Schrecken versetzt zu haben schien, wo reine, unverworrene Wildheit eine wahre Erlösung bedeutete; denn sie war ja etwas, was ganz offenbar ein Recht darauf hatte, im Sonnenschein zu bestehen. Der junge Mann sah mich überrascht an. Ich nehme an, es kam ihm nicht zum Bewußtsein, daß mir jede Verehrung für Herrn Kurtz fernlag. Er vergaß, daß ich keines der wundervollen Selbstgespräche angehört hatte, über – was war es doch –, über Liebe, Gerechtigkeit, Lebensführung und was sonst noch alles. Wenn es darauf ankam, vor Herrn Kurtz auf dem Bauch zu kriechen, dann tat er das besser als der wildeste Wilde. Ich hätte keinen Begriff von den Lebensverhältnissen, sagte er: diese Köpfe seien die Köpfe von Rebellen. Ich empörte ihn aufs äußerste, indem ich lachte. Rebellen! Was würde ich wohl noch als nächste Erklärung zu hören bekommen? Es hatte Feinde gegeben, Verbrecher, Arbeiter – und diese waren Rebellen. Diese rebellischen Köpfe sahen mir auf ihren Pfählen recht unterwürfig aus. ›Sie wissen nicht, wie ein solches Leben einen Mann wie Kurtz angreift‹, rief Kurtz' letzter Schüler. ›Nun, und Sie?‹ sagte ich. – ›Ich bin ein einfacher Mann. Ich habe keine großen Gedanken. Ich verlange nichts von irgend jemand. Wie können Sie mich vergleichen ...?‹ Seine Gefühle waren zu stark für Worte, und plötzlich klappte er zusammen. ›Ich verstehe es nicht‹, stöhnte er. ›Ich habe mein Bestes getan, um ihn am Leben zu erhalten, und das genügt. Ich hatte kein Geschick dafür, ich habe keine besonderen Fähigkeiten. Seit Monaten gibt es hier keinen Tropfen Medizin und keinen Bissen Krankenkost mehr. Man hat ihn schamlos im Stich gelassen. Einen solchen Mann, mit solchen Gedanken. Schamlos! Schamlos! Ich – ich habe die letzten zehn Nächte nicht geschlafen…‹

Seine Stimme verlor sich in dem stillen Abend. Während wir sprachen, waren die langen Schatten des Waldes über den Himmel herabgeglitten, hatten sich weit über die verfallene Wohnstätte und über die Reihe der Zaunpfähle mit ihren Wahrzeichen erstreckt. Alles das lag im Düstern, während wir unten am Strom noch Sonne hatten und die Stromstrecke von der Lichtung abwärts sich grell glitzernd gegen die Schattenmassen oben und unten abhob. Keine lebende Seele war am Ufer zu sehen. Die Büsche regten sich nicht.

Plötzlich tauchte um die Ecke des Hauses herum eine Gruppe von Leuten auf, als wären sie aus der Erde emporgewachsen. Sie wateten bis zur Hüfte durch das Gras, in einem gedrängten Haufen, und trugen eine notdürftig zurechtgezimmerte Bahre in ihrer Mitte. Augenblicklich gellte ein Schrei durch die leere Landschaft, dessen Schrille die Luft zerriß wie ein scharfer Pfeil, der mitten ins Herz der Landschaft flog; und wie durch Zauberschlag ergossen sich Ströme menschlicher Wesen – nackter menschlicher Wesen – mit Speeren in den Händen, mit Bogen, Schilden, mit wilden Blicken und heftigen Bewegungen aus dem dunkelblickenden, nachdenklichen Wald in die Lichtung. Die Büsche rauschten, das Gras wallte eine Zeitlang, und dann stand alles achtsam und unbeweglich still. ›Nun, wenn er ihnen jetzt nicht das rechte Wort sagt, dann ist es um uns alle geschehen‹, sagte der Russe an meinem Ellbogen. Die paar Leute mit der Tragbahre waren auch wie versteinert auf dem halben Wege zum Dampfer stehengeblieben. Ich sah, wie der Mann auf der Bahre sich mühsam aufsetzte und über die Schultern der Träger den Arm emporstreckte. ›Hoffen wir, daß der Mann, der so gut über Liebe im allgemeinen zu reden versteht, einen besonderen Beweisgrund finden wird, um uns diesmal zu retten‹, sagte ich. Ich litt schwer unter der unsinnigen Gefahr unserer Lage, als wäre es eine entehrende Notwendigkeit gewesen, von der Gnade dieses grausamen Gespenstes abhängig zu sein. Ich konnte keinen Ton hören, sah aber durch mein Glas den dünnen Arm befehlend ausgestreckt, sah den Unterkiefer, der sich bewegte und die Augen des Gespenstes, die tief aus dem knochigen, ruckweise nickenden Kopf leuchteten. Kurtz – Kurtz – das ist im Deutschen ein Name, wie auch ein Eigenschaftswort, nicht wahr? Nun also, der Name war so wahr, wie alles sonst in seinem Leben – und seinem Sterben. Der Mann schien mindestens sieben Fuß lang zu sein. Seine Decke war abgeglitten, und der Körper bot sich erbarmungswürdig dar, wie aus einem Leichentuch herausgeschält. Ich konnte sehen, wie heftig seine Rippen zitterten, seine Armknochen bebten. Es sah aus, als schüttelte ein beseeltes Bildnis des Todes, aus altem Elfenbein, gespenstisch drohend die Hand gegen eine reglose Menge von Menschen, die aus dunkler, glänzender Bronze gegossen waren. Ich sah ihn weit den Mund öffnen – es gab ihm einen unheimlichen, gefräßigen Ausdruck, als hätte er die ganze Luft, die ganze Erde, alle die Männer vor ihm verschlingen wollen. Eine tiefe Stimme klang schwach bis zu mir. Offenbar brüllte er. Plötzlich fiel er zurück. Die Bahre schwankte, während die Träger wieder vorwärtsschritten, und fast zur gleichen Zeit bemerkte ich, daß die Schar der Wilden fast ohne sichtbare Rückzugsbewegung verschwand, als hätte der Urwald, der diese Wesen so plötzlich ausgeworfen hatte, sie auch wieder eingesogen, so wie man die Luft in einem tiefen Zuge einatmet.

Einige der Pilger hinter der Bahre trugen seine Waffen – zwei Schrotflinten, eine schwere Büchse und einen leichten Repetierkarabiner – die Donnerkeile dieses kläglichen Zeus. Der Direktor beugte sich über ihn und murmelte etwas, während er neben dem Kopfende der Bahre weiterging. Sie legten ihn in einer der kleinen Kabinen nieder – es war gerade Platz genug für eine Bettstelle und einen Feldstuhl oder zwei. Wir hatten all seine verspätete Post mitgebracht, und sein Bett war mit einer Unmenge aufgerissener Umschläge und offener Briefe übersät. Seine Hand wühlte kraftlos unter diesen Papieren. Ich war betroffen von dem Feuer seiner Augen und der Fassung in seinen Zügen. Es war nicht so sehr Erschöpfung infolge seiner Krankheit. Er schien keine Schmerzen zu haben. Dieser Schatten blickte gesättigt und ruhig drein, als hätte er sich, für den Augenblick, an allen Gemütsbewegungen genuggetan.

Er raschelte mit einem der Briefe, sah mir gerade ins Gesicht und sagte: ›Sehr erfreut!‹ Irgend jemand hatte ihm meinetwegen geschrieben. So fing es also wieder mit den besonderen Empfehlungen an. Die Tonstärke, die er ohne Anstrengung, fast ohne die Lippen zu bewegen, hervorbrachte, verblüffte mich. Eine Stimme! Eine Stimme! Ernst, tief, bebend, während der Mann selbst kaum fähig schien, zu flüstern. Doch hatte er immer noch genügend Kraft (wenn auch nur noch künstlich erzwungene) in sich, um uns allen den Garaus zu machen, wie ihr sofort hören sollt.

Der Direktor tauchte schweigend in der Kabinentür auf. Ich ging sofort hinaus und zog hinter mir den Vorhang zu. Der Russe, von den Pilgern neugierig gemustert, starrte nach dem Ufer hinüber. Ich folgte der Richtung seines Blickes.

Dunkle menschliche Gestalten waren in der Ferne zu erkennen, die deutlich vor dem dunklen Hintergrund des Waldes hinflitzten; nahe am Ufer standen zwei bronzene Gestalten auf hohe Speere gelehnt, kriegerisch und still, in bildhafter Ruhe, im Sonnenschein, unter ihrem phantastischen Kopfschmuck aus gefleckten Fellen. Und von rechts nach links, dem erleuchteten Ufer entlang, bewegte sich die wilde, prunkvolle Erscheinung einer Frau.

Sie war in gestreifte, mit Fransen besetzte Stoffe gehüllt, ging mit gemessenen Schritten dahin und setzte die Füße stolz auf den Boden, von einem leichten Klirren und Aufblitzen barbarischer Schmuckstücke begleitet. Sie hielt den Kopf hoch; ihr Haar war helmartig aufgesteckt. Sie trug messingene Fußringe bis zum Knie, messingene Armspangen bis zum Ellbogen hinauf, einen brennroten Fleck auf jeder ihrer lohfarbenen Wangen, zahllose Glasperlenschnüre um den Hals; fremdartige Dinge, Amulette und Geschenke von Zauberern, die sie an sich hängen hatte, zitterten und glitzerten bei jedem Schritt. Sie schien den Wert mehrerer Elefantenzähne an sich zu tragen. Sie war wild und stolz, prunkvoll, mit lohenden Blicken; etwas Schicksalhaftes, Feierliches lag in ihren langsamen Schritten, und in dem Schweigen, das sich plötzlich über das ganze Land hingesenkt hatte, schien die ungeheure Wildnis, der Riesenleib des fruchtbaren, geheimnisvollen Lebens nachdenklich nach ihr zu schauen, wie nach dem Abbild der eigenen leidenschaftlichen und düsteren Seele.

Sie kam bis hart vor den Dampfer, stand still und sah uns an. Ihr langer Schatten fiel bis über das Wasser hinaus. Ihr Gesicht zeigte den tragischen, ungestümen Ausdruck wilden Kummers und dumpfen Schmerzes, sowie das Ringen mit einem noch unfertigen Entschluß. Sie stand und sah uns reglos an, wie die Wildnis selbst, als brütete sie über undurchdringlichen Plänen. Eine volle Minute verging, dann machte sie einen Schritt vorwärts. Es gab ein leises Klingeln, ein Aufglänzen gelben Metalls, ein Rauschen gefranster Stoffe, dann blieb sie kurz stehen, als hätte ihr Mut sie verlassen. Der junge Mensch an meiner Seite knurrte. Hinter mir murmelten die Pilger. Sie sah uns alle an, als hinge ihr Leben von der Unverrückbarkeit ihres Blickes ab. Plötzlich öffnete sie ihre nackten Arme und warf sie grade über ihrem Kopf hoch, wie in dem unsinnigen Verlangen, den Himmel greifen zu können, und zugleich schossen auch die schnellen Schatten über die Erde, hüllten ringsum den Strom ein und zogen den Dampfer in ihre Umarmung. Ein ungeheures Schweigen hing über dem Ganzen.

Sie wandte sich langsam ab, schritt weiter dem Ufer entlang und verlor sich in den Büschen zur Linken. Einmal nur glänzten aus dem Dickicht ihre Augen zu uns zurück, bevor sie endgültig verschwand. ›Hätte sie ernstlich Anstalten gemacht, an Bord zu kommen, so hätte ich wirklich versucht, sie zu erschießen‹, sagte der Flickenmann etwas aufgeregt. ›Ich mußte während der letzten zwei Wochen tagtäglich mein Leben wagen, um sie aus dem Haus heraus zu halten. Eines Tages kam sie doch hinein und schlug einen Riesenkrach, wegen der elenden Fetzen, die ich im

Vorratsraum aufgeklaubt hatte, um meine Kleider damit auszubessern. Ich sah ja nicht mehr menschenmöglich aus. Es muß sich darum gedreht haben, denn sie redete eine Stunde lang wie eine Furie auf Kurtz ein und wies dann und wann auf mich. Ich verstehe den Dialekt dieses Stammes nicht. Zu meinem Glück war wohl Kurtz an diesem Tage zu krank, als daß er sich darüber aufgeregt hätte, sonst hätte es sicher Unannehmlichkeiten gegeben. Ich verstehe nicht ... Nein, es ist zu viel für mich. Aber, nun – jetzt ist ja alles vorbei!‹

In diesem Augenblick hörte ich Kurtz' Stimme hinter dem Vorhang: ›Mich retten! – Das Elfenbein retten, meinen Sie. Erzählen Sie mir nichts. *Mich* retten! Was denn – ich habe *Sie* gerettet! Sie stören jetzt meine Pläne. Krank! Krank! Nicht so krank, wie Sie wohl gern glauben möchten. Sorgen Sie sich nicht. Ich werde meine Pläne schon noch ausführen – ich komme zurück. Ich will Ihnen zeigen, was getan werden kann. Sie, mit Ihrem kümmerlichen bißchen Wissen – Sie wollen mir in den Arm fallen; Ich komme zurück, ich ...‹

Der Direktor kam heraus. Er erwies mir die Ehre, mich unter den Arm zu fassen und beiseite zu führen. ›Er ist ganz herunter, ganz herunter‹, sagte er. Er hielt es für angebracht zu seufzen, unterließ es aber, auch im Gesicht den entsprechenden Schmerz zu zeigen. ›Wir haben alles, was wir konnten, für ihn getan – oder nicht? Aber die Tatsache ist nicht aus der Welt zu schaffen, daß Herr Kurtz der Gesellschaft mehr geschadet als genützt hat. Er hat nicht eingesehen, daß die Zeit für scharfes Vorgehen noch nicht gekommen war. Wir müssen noch vorsichtig sein. Der Distrikt ist uns nun für einige Zeit verschlossen. Bedauerlich! Alles in allem genommen wird der Handel leiden. Ich bestreite nicht, daß eine bedeutende Menge Elfenbein da ist – meistens fossil. Wir müssen es unter allen Umständen retten –, aber sehen Sie selbst, wie peinlich die Lage ist – und warum? Weil die Methode ungesund ist.‹ – ›Nennen Sie das‹, sagte ich mit einem Blick nach dem Ufer, ›ungesunde Methode?‹ – ›Ohne Zweifel‹, rief er hitzig aus. ›Sie etwa nicht?‹ – ›Mir scheint es überhaupt keine Methode‹, murmelte ich nach einer Weile. ›Sehr richtig‹, jubelte er. ›Das habe ich vorausgesehen. Zeugt von völligem Mangel an Urteilsgabe. Es ist meine Pflicht, es höheren Orts zur Kenntnis zu bringen.‹ – ›Oh‹, sagte ich, ›der Bursche – wie heißt er noch? – der Ziegelmacher, wird Ihnen schon einen lesbaren Bericht verfassen.‹ Er schien einen Augenblick lang verblüfft. Mir war es, als hätte ich nie zuvor eine so verpestete Luft geatmet, und ich wandte mich im Geiste an Kurtz um Hilfe – tatsächlich um Hilfe. ›Trotz allem bin ich der Meinung, daß Herr Kurtz ein hervorragender Mensch ist‹, sagte ich mit Nachdruck. Der Direktor fuhr auf, ließ einen kalten und schweren Blick auf mich fallen, sagte sehr ruhig: ›Das war er‹, und wandte mir den Rücken. Die Stunde meiner Bevorzugung war vorüber; ich fand mich, zusammen mit Kurtz, beiseite geworfen, als einen Anhänger von Methoden, für die die Zeit nicht reif war; ich war ungesund! Ah! Aber es war doch schon etwas, die Wahl zwischen zwei unangenehmen Zeitgenossen zu haben.

Tatsächlich hatte ich mich an die Wildnis gehalten, nicht an Herrn Kurtz, der, wie ich bereit war zuzugeben, schon so gut wie begraben war. Und einen Augenblick schien es mir, als wäre auch ich schon in einem Massengrab voll unaussprechlicher Geheimnisse eingeschlossen. Ich fühlte ein ungeheures Gewicht mir die Brust bedrücken, witterte den Geruch der feuchten Erde, die unsichtbare Gegenwart siegreicher Verderbnis, die

Dunkelheit undurchdringlicher Nacht ... Der Russe klopfte mir auf die Schulter. Ich hörte ihn etwas murmeln und stammeln von ›Bruder Seemann – konnte nicht verschweigen – mein Wissen um Dinge, die Herrn Kurtz' gutem Ruf schaden konnten.‹ Ich wartete. Für ihn war Herr Kurtz augenscheinlich noch nicht begraben; ich habe ihn sogar im Verdacht, daß für ihn Herr Kurtz zu den Unsterblichen gehörte. ›Nun‹, sagte ich schließlich, ›sprechen Sie sich aus. Zufällig bin ich Herrn Kurtz' Freund – sozusagen!‹

Er stellte mit ziemlicher Förmlichkeit fest, daß er, wären wir nicht ›Berufsgenossen‹ gewesen, die Sache ohne Rücksicht auf die Folgen für sich behalten hätte. Er hatte den Verdacht, daß die Weißen da ausgesprochen böse Absichten gegen ihn hegten, die ... – ›Sie haben recht‹, sagte ich, in der Erinnerung an ein gewisses Gespräch, das ich belauscht hatte. ›Der Direktor meinte, sie müßten gehängt werden.‹ Diese Mitteilung ging ihm in einer Weise nahe, die mich zunächst belustigte. ›Ich sollte lieber still aus dem Wege gehen‹, sagte er sehr ernst. ›Für Kurtz kann ich nun nichts mehr tun, und sie würden rasch einen Vorwand finden. Was sollte sie abhalten? Dreihundert Meilen von hier ist ein Militärposten.‹ – ›Nun, auf mein Wort‹, sagte ich, ›vielleicht sollten Sie wirklich lieber gehen, wenn Sie unter den Wilden hier in der Nähe auch nur einen Freund haben.‹ – ›Eine Menge‹, sagte er. ›Sie sind einfältige Leute – und ich brauche ja nichts, wissen Sie.‹ Er stand und biß sich auf die Lippen, dann meinte er: ›Ich möchte nicht, daß den Weißen hier irgend etwas zustößt – doch Sie sind ja ein Bruder, ein Seemann, und ich dachte natürlich an Herrn Kurtz' guten Ruf ...‹ – ›Schon recht‹, sagte ich nach einer Pause. ›Herrn Kurtz' Ruf ist bei mir gut aufgehoben.‹ Ich wußte nicht, wie wahr ich sprach.

Er dämpfte die Stimme und teilte mir mit, daß es Herr Kurtz gewesen sei, der den Angriff auf den Dampfer befohlen hatte. ›Er haßte mitunter den Gedanken, weggeholt zu werden, und dann wieder ... aber ich verstehe diese Dinge nicht. Ich bin ein einfacher Mensch. Er glaubte, es würde Sie abschrecken – daß Sie es aufgeben würden, weil Sie ihn für tot hielten. Ich konnte ihn nicht hindern. Oh, ich habe den letzten Monat Furchtbares durchgemacht.‹ – ›Schon recht‹, sagte ich. ›Er ist ja nun gut aufgehoben.‹ – ›Ja-a-a-‹, murmelte er, augenscheinlich nicht so sehr überzeugt. ›Danke‹, sagte ich, ›ich will die Augen offen halten!‹ – ›Aber unauffällig, ja‹, drang er ängstlich in mich. ›Es wäre schrecklich für seinen Ruf, wenn irgend jemand hier ...‹ Ich versprach mit größtem Ernst unbedingte Verschwiegenheit. ›Ich habe ein Kanu und drei Schwarze, die nicht allzu weit weg auf mich warten. Ich gehe. Könnten Sie mir ein paar Martini-Henry-Patronen geben?‹ Ich konnte es und tat es mit der nötigen Heimlichkeit. Er bediente sich noch, mit einem Blinzeln zu mir, aus meiner Tabakdose. ›Unter Seeleuten – Sie wissen ja – guter englischer Tabak.‹ An der Tür des Ruderhauses wandte er sich um: ›Sagen Sie, hätten Sie nicht ein Paar Schuhe, das Sie entbehren könnten?‹ Er hob ein Bein. ›Sehen Sie doch selbst.‹ Die Sohlen waren mit oft geflickten Schnüren sandalenartig unter seine nackten Füße gebunden. Ich suchte ein altes Paar heraus, das er mit Bewunderung betrachtete, bevor er es sich unter den linken Arm klemmte. Eine seiner Taschen (knallrot) war krachvoll mit Patronen, aus der anderen (dunkelblau) sah ›Towsons Untersuchung und so weiter‹ heraus. Er schien sich für einen erneuten Kampf mit der Wildnis fabelhaft ausgestattet zu haben. ›Oh, nie, nie wieder werde ich einem solchen Mann begegnen. Sie hätten ihn Gedichte sprechen hören sollen – es waren sogar seine eigenen, wie er mir sagte. Gedichte! ‹ Er rollte die Augen bei der Erinnerung an diese Genüsse. ›Oh, er hat mir viel beigebracht.‹ – ›Leben Sie wohl‹, sagte ich. Er schüttelte mir die Hand und verschwand in die Nacht. Manchmal frage ich mich, ob ich ihn wohl wirklich gesehen habe – ob es möglich war, einem solchen Rätselwesen zu begegnen …

Als ich kurz nach Mitternacht erwachte, kam mir seine Warnung und die Andeutung von Gefahren in den Sinn, die tief in der bestirnten Dunkelheit berechtigt genug schienen, um mich zum Aufstehen und zu einem kleinen Rundgang zu bestimmen. Auf dem Hügel brannte ein großes Feuer und beleuchtete in Abständen eine der schiefen Ecken des Stationsgebäudes. Einer der Agenten bewachte mit einer kleinen Abteilung unserer Schwarzen, die zu dem Zweck bewaffnet worden waren, den Elfenbeinvorrat. Tief drinnen aber, im Urwald, zeigten rote Feuerkreise, die flackerten und zwischen verschwommenen, tiefschwarzen Säulen aus dem Boden aufzutauchen und wieder zu versinken schienen, die Stelle des Lagers an, wo Herrn Kurtz' Anbeter ihre Trauerwache hielten. Das eintönige Dröhnen einer großen Trommel erfüllte die Luft mit dumpfen Erschütterungen und nachhaltigen Schwingungen. Hinter der schwarzen Mauer des Waldes hervor kam, wie das Summen von Bienen aus dem Stocke klingt, der träge Klang vieler Männerstimmen, die, jede für sich, irgendeine Beschwörung sangen. Es wirkte merkwürdig einschläfernd auf meinen halbwachen Sinn. Ich glaube, ich schlief ein, während ich an der Reling lehnte, bis ein plötzlicher Aufschrei, ein überwältigender Ausbruch hochgepeitschter, geheimnisvoller Raserei, mich bestürzt auffahren ließ. Der Aufschrei brach sofort ab, und die leise, träge Beschwörung mit ihrer besänftigenden und einschläfernden Wirkung ging wieder weiter. Ich sah von ungefähr in die kleine Kabine. Ein Licht brannte darin, doch Herr Kurtz war nicht da.

Ich glaube, ich hätte aufgeschrien, wenn ich meinen Augen geglaubt hätte. Doch ich glaubte ihnen zunächst nicht, so unmöglich schien die Tatsache. In Wahrheit war es wohl so, daß ich aus bloßer Angst, aus nacktem Schrecken, die mit der Gewißheit persönlicher Gefährdung nichts zu tun hatten, völlig von Sinnen war. Was das Gefühl so überwältigend machte, war – wie soll ich es erklären – der innerliche Stoß, den ich bekam, als wäre etwas Ungeheuerliches, dem Verstande wie der Seele gleich Unerträgliches, plötzlich über mich hereingebrochen. Das hielt natürlich nur den Bruchteil einer Sekunde an, und gleich darauf hatte der gesunde Menschenverstand wieder die Oberhand, dem die Lebensgefahr, die Möglichkeit eines plötzlichen Überfalls, eines Gemetzels oder etwas dieser Art, das ich voraussah, geradezu willkommen und tröstlich erschien. Er beruhigte mich tatsächlich so sehr, daß ich nicht einmal Lärm schlug.

Zwei Schritte vor mir schlief ein Agent, in einen Mantel geknöpft, in einem Deckstuhl. Das Geschrei hatte ihn nicht aufgeweckt; er schnarchte leise; ich überließ ihn seinem Schlummer und sprang an Land. Ich verriet Herrn Kurtz nicht – es war vorherbestimmt, daß ich ihn nie verraten – es stand geschrieben, daß ich dem Ungeheuer meiner Wahl treu bleiben sollte. Ich brannte darauf, mich, ganz für mich allein, mit diesem Schatten auseinanderzusetzen – und bis auf den heutigen Tag weiß ich nicht, warum ich es so eifersüchtig ablehnte, mit irgend jemand das eigenartig dunkle Erlebnis jener Stunde zu teilen.

Sobald ich auf dem Ufer stand, sah ich eine Fährte – eine breite Fährte durch das Gras. Ich erinnere mich noch, mit welchem

Jubel ich mir sagte, ›er kann nicht gehen, er kriecht auf allen vieren, er gehört schon mir!‹ Das Gras triefte von Tau. Ich ging schnell mit geballten Fäusten dahin. Ich glaube, ich hatte die dunkle Absicht, über ihn herzufallen und ihn durchzuprügeln. Ich weiß es nicht. Ich hatte einige blödsinnige Vorstellungen. Das strickende alte Weib mit der Katze fiel mir ein, und ich empfand plötzlich, wie ungehörig es war, daß sie am anderen Ende einer solchen Geschichte sitzen sollte. Ich sah eine Horde von Pilgern aus Winchester-Karabinern, die sie an der Hüfte angeschlagen hielten, Blei in die Luft spritzen. Ich stellte mir vor, daß ich nie wieder zum Dampfer zurückkommen und allein und unbewaffnet in den Wäldern bis zum hohen Alter leben würde. Lauter solche Dummheiten, wißt ihr. Ich erinnere mich auch, daß ich die Trommelwirbel mit meinem Herzschlag verwechselte und über sein ruhiges Gleichmaß erfreut war.

Ich hielt die Fährte eine Weile und blieb dann stehen, um zu lauschen. Die Nacht war sehr klar: ein dunkelblauer Raum, glitzernd von Tau und Sternenlicht, in dem schwarze Dinge ganz ruhig standen. Ich glaubte, gerade vor mir eine kleine Bewegung wahrnehmen zu können. Ich war in jener Nacht aller Dinge merkwürdig sicher. Nun verließ ich die Fährte und rannte in einem weiten Halbkreis (vor mich hin kichernd, glaube ich sogar) voran, um der Bewegung, die ich wahrgenommen hatte, wenn ich wirklich irgend etwas gesehen hatte, den Weg abzuschneiden. Ich schlug einen Kreis um Kurtz, als spielten wir ein Knabenspiel.

Ich kam an ihn, und wenn er mich nicht kommen gehört hätte, so wäre ich wohl auch über ihn gestürzt; aber er stand noch zur rechten Zeit auf. Er erhob sich, unsicher, lang, blaß, undeutlich, wie ein von der Erde ausgeatmeter Dunst, und schwankte leicht nebelig, stumm, vor meinen Augen; unterdessen glühten in meinem Rücken die Feuer zwischen den Bäumen, und das Murmeln vieler Stimmen drang aus dem Wald. Ich hatte ihm richtig den Weg verlegt; als ich ihm aber nun so gegenüberstand, schien ich wieder zur Besinnung zu kommen und übersah die Gefahr in ihrer ganzen Tragweite. Sie war durchaus noch nicht beseitigt. Angenommen, er begann zu brüllen? Wenn er auch kaum stehen konnte, so war doch noch Kraft genug in seiner Stimme. ›Gehen Sie weg – verstecken Sie sich‹, sagte er in seinem tiefen Ton. Es war ganz schrecklich. Ich sah zurück. Wir waren ungefähr dreißig Meter vom nächsten Feuer weg. Eine schwarze Gestalt erhob sich, schritt auf langen, schwarzen Beinen dahin durch den Feuerschein und schwenkte lange, schwarze Arme. Sie hatte Hörner – Antilopenhörner, glaube ich – auf dem Kopf. Irgendein Zauberer, ein Medizinmann, ohne Frage; er sah teuflisch genug aus. ›Wissen Sie auch, was Sie tun?‹ flüsterte ich. – ›Vollkommen‹, gab er zurück und hob die Stimme für dieses einzelne Wort. Sie klang mir wie von fern her, doch laut, wie ein Anruf durch ein Sprachrohr. Wenn er Lärm schlägt, sind wir verloren, dachte ich. Dies war augenscheinlich kein Fall, der durch einen Faustschlag zu erledigen war, ganz abgesehen von der sehr natürlichen Abneigung, die ich dagegen hatte, diesen Schatten, dieses irrende, gequälte Ding zu schlagen. ›Sie werden verloren sein‹, sagte ich. ›Ganz und gar verloren.‹ Man hat manchmal so blitzartige Eingebungen. Ich sagte gerade das rechte Wort, obwohl er ja tatsächlich nicht schlimmer verloren sein konnte, als er es gerade in jenem Augenblick war; damals, als der Grundstein für unsere Vertrautheit gelegt wurde, die dann lange – lange – bis zum Ende – und noch darüber hinaus anhalten sollte.

›Ich hatte ungeheure Pläne‹, murmelte er unentschlossen. ›Ja‹, sagte ich, ›aber wenn Sie versuchen, zu schreien, dann schlage ich Ihnen den Schädel ein mit ...‹ Weder ein Stein noch ein Stock war in Reichweite. ›Ich werde Sie erwürgen‹, verbesserte ich mich. – ›Ich stand an der Schwelle großer Dinge‹, redete er weiter, mit einer Sehnsucht in der Stimme, mit einem Verlangen, das mein Blut kälter strömen ließ. ›Nun kommt dieser dumme Schuft ...‹ – ›Ihr Erfolg in Europa ist für alle Fälle gesichert‹, tröstete ich ihn mit Nachdruck. Ich wollte es vermeiden, ihn zu erwürgen, versteht ihr – und tatsächlich hätte es ja wenig praktischen Zweck gehabt. Ich versuchte, den Zauber zu brechen, den schweren, stummen Zauber der Wildnis, die ihn an ihre erbarmungslose Brust ziehen zu wollen schien, indem sie vergessene, rohe Triebe und die Erinnerung an die Befriedigung ungeheuerlicher Lüste in ihm erweckte. Das allein, davon war ich überzeugt, hatte ihn an den Waldsaum hinausgetrieben, in den Busch, dem Feuerschein zu, dem Dröhnen der Trommeln und der langgezogenen Beschwörung; dies allein hatte seine gesetzlose Seele über die Grenzen erlaubter Wünsche hinausgelockt. Und seht ihr, das Grauen des Augenblicks lag nicht in der Aussicht, eins über den Kopf zu bekommen – obwohl ich mir auch dieser Gefahr genau bewußt war –, sondern darin, daß ich es mit einem Wesen zu tun hatte, dem im Namen von nichts Hohem oder Niedrigem beizukommen war. Ich mußte, gerade wie die Neger, ihn selbst anrufen, seine eigene unglaubliche und überspannte Verkommenheit. Über ihm war so wenig wie unter ihm, und ich wußte es. Er hatte sich von der Erde abgestoßen. Zum Teufel mit ihm! Er hatte die Erde selbst in Stücke geschlagen. Er war allein, und ich vor ihm wußte nicht, ob ich auf dem Boden stand oder in der Luft schwebte. Ich habe euch erzählt, was wir sagten, habe euch die Sätze wiederholt, die wir aussprachen – und doch – wozu das alles? Es waren gewöhnliche, alltägliche Worte – die vertrauten Worte, die man Tag für Tag wechselt. Doch was weiter? Hinter ihnen stand, meinem Empfinden nach wenigstens, die furchtbare Bedeutung von Worten, wie man sie in Träumen hört, von Sätzen, die man unter einem Alpdruck hinausschreit. Seele! Wenn je ein Mensch mit einer Seele gekämpft hat, dann bin ich es. Ich stritt auch nicht mit einem Irren. Ob ihr mir glaubt oder nicht – sein Verstand war völlig ungetrübt, allerdings mit furchtbarer Gewalt auf sich selbst eingestellt, aber ungetrübt; und hierin lag meine einzige Möglichkeit – außer der anderen natürlich, ihn auf dem Fleck totzuschlagen, die aber schon wegen des unvermeidlichen Lärms weniger vorteilhaft schien. Aber seine Seele war irr. Allein in der Wildnis, war sie in sich gegangen und – bei Gott, ich sage es euch – darüber verrückt geworden. Ich hatte – als Strafe für meine Sünden, nehme ich an – einen Blick hineinzutun. Keine Beredsamkeit hätte jeden Glauben an die Menschheit so gründlich erschüttern können, wie der schließliche Ausbruch seiner Offenherzigkeit. Er kämpfte auch mit sich selbst. Ich sah es, hörte es. Ich sah das Unbegreifliche einer Seele, die keine Hemmungen kannte, keinen Glauben und keine Furcht, und doch blindlings mit sich kämpfte. Ich bewahrte ziemliche Fassung; als ich ihn schließlich aber auf sein Lager gebettet hatte, trocknete ich mir die Stirn, und die Beine zitterten unter mir, als hätte ich viele Zentner auf meinem Rücken den Hügel hinaufgetragen. Und doch hatte ich ihn nur gestützt, sein knochiger Arm hatte um meinen Hals gelegen – und der ganze Mann wog nicht viel mehr als ein Kind.

Als wir am nächsten Tag gegen Mittag abfuhren, strömte die Menge, deren Anwesenheit hinter dem Vorhang der Bäume ich die ganze Zeit über genau gefühlt hatte, wieder aus den Wäldern heraus, erfüllte die Lichtung, bedeckte den Hügel mit einer Menge nackter, atmender, bebender Bronzeleiber. Ich dampfte ein kleines Stück stromauf, schwenkte dann stromabwärts, und zweitausend Augen verfolgten das Gebaren des plätschernden, stampfenden, bösen Flußteufels, der mit seinem furchtbaren Schweif das Wasser schlug und schwarzen Rauch in die Luft blies. Vor der ersten Reihe, hart am Ufer, tanzten drei Männer, von Kopf bis Fuß mit hellroter Erde bestrichen, ruhelos auf und ab. Als wir wieder an ihnen vorbeikamen, sahen sie nach uns her, stampften mit den Füßen, nickten mit den gehörnten Köpfen, schwenkten ihre scharlachenen Leiber; sie schüttelten dem Flußteufel ein Bündel schwarzer Federn entgegen, ein räudiges Fell mit hängendem Schwanz, irgend etwas, das wie ein gedörrter Kürbis aussah; von Zeit zu Zeit brüllten sie alle zusammen unverständliche Worte, die nicht mehr menschlich klangen; und das tiefe Murmeln der Menge, das dann und wann abbrach, klang wie die Responsorien einer satanischen Litanei. Wir hatten Kurtz in das Ruderhaus getragen, weil es dort etwas luftiger war. Von dem Ruhelager aus starrte er durch den offenen Fensterladen hinaus. Es gab eine Wallung in der Masse menschlicher Leiber, und das Weib mit dem helmartigen Kopfputz und den lohfarbenen Wangen stürzte bis an die Uferkante vor. Sie streckte ihre Hände aus, schrie etwas, und die ganze wilde Menge nahm den Schrei brüllend auf, in einem knappen, schnellen, atemlosen Chor.

›Verstehen Sie das?‹ fragte ich.

Er fuhr fort, mit fahrigen, verlangenden Blicken an mir vorbeizusehen, mit einem Ausdruck, aus Sehnsucht und Haß gemischt. Er antwortete nicht, aber ich sah ein Lächeln, ein unerklärliches Lächeln auf seinen farblosen Lippen erscheinen, die im Augenblick darauf krampfhaft zuckten. ›Etwa nicht?‹ sagte er langsam und keuchte, als wären ihm die Worte durch eine übernatürliche Macht genommen worden.

Ich zog die Dampfpfeife, und zwar deswegen, weil ich sah, wie die Pilger an Deck, wie in Erwartung eines lustigen Streiches, ihre Gewehre fertigmachten. Bei dem plötzlichen Aufheulen der Dampfpfeife rann eine Bewegung furchtbaren Entsetzens durch das gedrängte Meer von Körpern. ›Nicht! nicht! Sie verjagen sie‹, rief jemand vom Deck enttäuscht herauf. Ich zog ein ums andere Mal die Leine. Sie wandten sich und rannten, sprangen, krochen, verbargen sich zitternd vor dem fliegenden Schrecken des Tons. Die drei roten Kerle hatten sich, das Gesicht gegen den Boden, am Ufer flach hingeworfen, als hätte man sie totgeschossen. Nur das barbarisch prunkvolle Weib zuckte nicht und streckte mit tragischer Gebärde die nackten Arme über den düster glitzernden Strom nach uns aus.

Und dann begannen die Dummköpfe unten auf Deck mit ihrem kleinen Spaß, und ich konnte vor Rauch nichts mehr sehen.

Der dunkle Strom rann schnell aus dem Herzen der Finsternis hinaus und trug uns doppelt so schnell, wie wir heraufgefahren waren, der Küste zu; und auch Kurtz' Leben rann schnell dahin, verebbte aus seinem Herzen in das unerbittliche Meer der Zeit. Der Direktor war sehr sanftmütig, ihm blieben keine besonderen Ängste mehr, er umfaßte uns beide mit einem verständnisvollen und befriedigten Blick: die ›Geschichte‹ war so gut ausgegangen, wie er es sich nur hatte wünschen können.

Ich sah den Zeitpunkt nahe, da ich allein von den Anhängern der ›ungesunden Methode‹ übrig sein würde. Die Pilger folgten mir mit mißgünstigen Blicken. Ich wurde sozusagen schon zu den Toten gerechnet. Es ist merkwürdig, daß ich mir diese Einreihung gefallen ließ. Diese Wahl unter Ungeheuern, die mir in dem finstern Land von elenden, gierigen Gespenstern aufgezwungen worden war.

Kurtz sprach. Eine Stimme! Eine Stimme! Sie dröhnte tief, bis zuletzt. Sie überlebte seine Kraft, damit er unter dem Prunkgewand der Beredsamkeit die öde Nacht seines Herzens verbergen könnte. Oh, er kämpfte! Er kämpfte! Durch die Wüsten seines müden Hirnes zuckten nun schattenhafte Bilder, Bilder von Wohlstand und Ruhm, die seine unbesiegbare Gabe gehobener, edler Sprechweise immer neu erstehen ließ. ›Meine Braut, meine Stationen, meine Laufbahn, meine Ideen‹ – das waren die Ausgangspunkte für die gelegentliche Darlegung schöner Gefühle. Der Schatten des ursprünglichen Kurtz stand neben dem Krankenlager des hohläugigen Trugbildes, dem es in Kürze bevorstand, in jungfräulicher Erde bestattet zu werden. Sowohl der teuflische Hang zu den Mysterien wie auch der unirdische Haß dagegen, durch die diese Seele, von urweltlichen Erlebnissen gesättigt, gegangen war, machten einander nun ihren Platz streitig und äußerten sich in der Gier nach falschem Ruhm, erschlichener Auszeichnung, nach all den äußeren Merkmalen von Erfolg und Macht.

Mitunter war er unangenehm kindisch. Er wollte von Königen am Bahnhof empfangen werden bei seiner Rückkehr von einem gespenstigen Nirgendwo, wo er seine großen Pläne verwirklicht haben würde. ›Wenn man ihnen zeigt, daß man wirklich brauchbar ist, dann nehmen die Loblieder kein Ende‹, pflegte er zu sagen. ›Natürlich muß man auf die Beweggründe achten und sie immer sorgfältig wählen.‹ – Lange, gerade Strecken, die einander aufs Haar glichen, ebenso wie die eintönigen Ufer, glitten am Dampfer vorbei; zahllose hundertjährige Bäume sahen gleichgültig hinter diesem kümmerlichen Bruchstück einer anderen Welt drein, dem Vorboten des Wechsels, der Eroberung, des Handels, des Gemetzels und der Segnungen. Ich sah geradeaus und steuerte. ›Schließen Sie den Laden‹, sagte Kurtz eines Tages unvermittelt. ›Ich kann es nicht ertragen, das noch zu sehen.‹ Ich tat es. Es gab ein Schweigen. ›Oh, ich will dir schon noch das Herz aus dem Leibe reißen‹, schrie er der unsichtbaren Wildnis zu.

Unsere Maschine versagte – wie ich es erwartet hatte –, und wir mußten, um den Schaden auszubessern, an der Spitze einer Insel anlegen. Diese Verzögerung war es, die zuerst Kurtz' Vertrauen erschütterte. Eines Morgens gab er mir ein Paket Papiere, das Ganze mit einem Schuhband zusammengeschnürt. ›Bewahren Sie das für mich auf‹, sagte er. ›Dieser kümmerliche Narr‹, damit meinte er den Direktor, ›ist imstande, meine Koffer zu durchwühlen, wenn ich gerade nicht dabei bin.‹ Nachmittags sah ich ihn wieder. Er lag auf dem Rücken, mit geschlossenen Augen, und ich zog mich ruhig zurück, hörte ihn aber murmeln: ›Recht leben, sterben, sterben …‹ Ich horchte. Es kam nichts weiter. Wiederholte er im Schlaf irgendeine Rede oder war es ein Bruchstück aus einem Leitartikel? Er hatte für die Zeitungen geschrieben und gedachte es wieder zu tun, ›für die Verbreitung meiner Ideen. Es ist eine Pflicht.‹

Die Dunkelheit, in der er lebte, war undurchdringlich. Ich beobachtete ihn, wie man zu einem Mann hinunterspäht, der auf dem Boden eines Abgrundes liegt, wohin die Sonne nie scheint. Doch hatte ich nicht viel Zeit für ihn übrig, denn ich half dem Maschinisten beim Auseinandernehmen der lecken Zylinder, dem Strecken einer verbogenen Verbindungsstange und bei ähnlichen solchen Verrichtungen. Ich lebte inmitten eines höllischen Wirrwarrs von Rost, Feilspänen, Schraubenmuttern, Bolzen, Schraubenschlüsseln, Hämmern und Drillbohrern – lauter Dingen, die ich verabscheue, weil ich damit nicht zurechtkomme. Ich richtete die kleine Feldschmiede her, die wir glücklicherweise an Bord hatten, und arbeitete unaufhörlich unter dem Gerümpel herum – außer wenn ich zu starken Schüttelfrost hatte, um auf den Beinen stehen zu können.

Als ich eines Abends mit einer Kerze zu ihm hineinkam, war ich überrascht, ihn etwas zitterig sagen zu hören: ›Da liege ich im Dunkel und erwarte den Tod!‹ Das Licht war kaum mehr als eine Spanne von seinen Augen entfernt. Ich zwang mich zu einem gemurmelten: ›Ach, Unsinn!‹ und blieb wie angenagelt über ihn gebeugt.

Etwas, das auch nur im entferntesten an den Wechsel hingereicht hätte, der sich in seinen Zügen vollzog, habe ich noch nie zuvor gesehen und hoffe es auch nie wieder zu sehen. Oh, ich war nicht gerührt. Ich war wie gebannt. Es schien, als wäre ein Schleier gerissen. Ich sah auf dem Elfenbeingesicht den Ausdruck düsteren Stolzes, unbarmherziger Herrschsucht, feiger Angst – und tiefer, hoffnungsloser Verzweiflung. Durchlebte er, in jenem äußersten Augenblick völligen Wissens, sein Leben nochmals, mit jeder einzelnen Begierde, Versuchung und Schwäche? Er schrie in einem Flüstern einem Bild, einem Gesicht zu – schrie es zweimal, wenn es auch kaum lauter klang als ein Hauch:

›Das Grauen! Das Grauen!‹

Ich blies die Kerze aus und verließ die Kabine. Die Pilger aßen im Meßraum zu Nacht, und ich nahm meinen Platz gegenüber dem Direktor ein; er hob die Augen, um mir einen fragenden Blick zuzuwerfen, den ich aber mit Erfolg übersah. Er lehnte sich zurück, heiter und mit dem gewissen Lächeln, das die unausgesprochenen Tiefen seiner Gemeinheit versiegelte. Ein unaufhörlicher Schauer kleiner Fliegen umsurrte die Lampe, das Tischtuch, unsere Hände und Gesichter. Plötzlich steckte der Boy des Direktors seinen unverschämten, schwarzen Kopf durch die Türe und sagte im Ton äußerster Verachtung:

›Mistah Kurtz – er tot.‹

Alle die Pilger stürzten hinaus, um nachzusehen. Ich blieb zurück und beendete mein Abendessen. Ich glaube, sie hielten mich für unerhört hartherzig. Essen konnte ich aber doch nicht viel. Nur – dort drinnen brannte eine Lampe – es war hell, versteht ihr – und draußen war es so schrecklich, schrecklich dunkel. Ich ging nicht mehr in die Nähe des bemerkenswerten Mannes, der über das Erdenwallen seiner Seele ein solches Urteil gefällt hatte. Die Stimme war dahin. Was sonst war da gewesen? Aber ich weiß natürlich, daß die Pilger am nächsten Tage irgend etwas in einem Schlammloch vergruben.

Und dann begruben sie um ein Haar auch mich.

Aber wie ihr seht, verschwand ich damals noch nicht, um Kurtz zu folgen. Das tat ich nicht. Ich blieb zurück, um den bösen Traum zu Ende zu träumen und um noch ein letztes Mal Kurtz meine Treue zu beweisen. Schicksal! Mein Schicksal! Ein komisches Ding, das Leben – der geheimnisvolle Aufwand so unerbittlicher Logik für das so unwichtige Ende. Das meiste, was man davon erwarten kann, ist ein wenig Wissen über einen selbst – das zu spät kommt – ein Übermaß unauslöschlicher Reue. Ich habe mit dem Tode gerungen. Es ist der langweiligste Kampf, den man sich vorstellen kann. Er findet in einem grauen Dämmern statt, man hat keinen Boden unter den Füßen, nichts um sich, keine Zuschauer; es gibt keinen Lärm, keinen Ruhm, der heiße Wille zum Sieg fehlt genauso, wie die große Angst vor der Niederlage; eine peinlich laue Zweifelsucht ist da, nicht aber der Glaube an das eigene Recht und noch weniger der an das Recht des Gegners. Wenn das die letzte Weisheit ist, dann ist das Leben ein größeres Rätsel, als einige von uns glauben. Ich stand haarscharf vor der allerletzten Möglichkeit für eine Erklärung und fand zu meiner Demütigung, daß ich wahrscheinlich nichts zu sagen haben würde. Das ist der Grund, weshalb ich behaupte, daß Kurtz ein hervorragender Mann war. Er hatte etwas zu sagen. Er sagte es. Seitdem ich selbst um die Ecke gelugt habe, verstehe ich auch den Sinn dieses Blickes besser, der zwar nicht die Kerzenflamme sehen konnte, aber doch weit genug war, um die ganze Welt zu umfassen, scharf genug, um alle Herzen, die in der Finsternis schlagen, zu durchdringen. Er hatte eine Summe gezogen – er hatte geurteilt. ›Das Grauen!‹ Er war ein hervorragender Mann. Schließlich war auch das der Ausdruck einer Art von Glaube. Er war offen, von Überzeugung getragen; in seinem Flüstern zitterte Aufruhr mit, ein Funke Wahrheit – und es zeigte die eigene Mischung von Begierde und Haß. Und nicht meine eigene Krise ist es, an die ich mich am besten erinnere – sie scheint mir ganz grau in grau, formlos, von körperlichen

Schmerzen erfüllt und von einer nachlässigen Verachtung für die Vergänglichkeit aller Dinge – und gar noch dieser Schmerzen selbst. Nein! *Seine* letzten Augenblicke sind es, die ich durchlebt zu haben schien. Gewiß, er hat diesen letzten Schritt getan, war um die Ecke herum gegangen, während es mir erlaubt worden war, den zögernden Fuß zurückzuziehen. Und vielleicht liegt darin der ganze Unterschied; vielleicht ist alle Weisheit, alle Wahrheit, alle Aufrichtigkeit in den einen unschätzbaren Augenblick zusammengedrängt, in dem wir die Schwelle zum Unsichtbaren überschreiten. Vielleicht! Ich hoffe, daß mein Schlußwort nicht etwa auch nachlässige Verachtung bekundet hätte. Weit besser sein Aufschrei – weit besser. Er war eine Bekräftigung, ein moralischer Sieg, für den er mit zahllosen Niederlagen gezahlt hatte, mit unendlichen Greueln und furchtbaren Ausschweifungen. Aber es war ein Sieg! Das ist der Grund, warum ich Kurtz bis zuletzt die Treue bewahrt habe und sogar noch darüber hinaus, als ich, lange Zeit nachher, noch einmal, nicht seine eigene Stimme hörte, sondern das Echo seiner wunderbaren Beredsamkeit, das mir aus einer Seele, durchsichtig klar wic cin kristallener Fels, zugeworfen wurde.

Nein, sie begruben mich nicht, obwohl es eine Zeitspanne gibt, an die ich mich nur nebelhaft erinnere, mit einer fröstelnden Verwunderung, wie an die Durchquerung einer unbegreiflichen Welt, in der es keine Hoffnung und keine Sehnsucht gab. Ich fand mich in der Grabesstadt wieder und litt unter dem Anblick der Leute, die durch die Straßen eilten, um einander ein wenig Geld abzuknöpfen, ihre unwürdige Kost zu verschlingen, ihr unmögliches Bier hinunterzuschütten, ihre unbedeutenden, dummen Träume zu träumen. Sie verwirrten meine Gedankengänge. Sie waren Eindringlinge, deren Wissen vom

Leben mir eine aufreizende Anmaßung schien, denn ich war sicher, daß sie die Dinge nicht wissen konnten, die ich wußte. Ihr Gebaren, das ganz einfach das von Durchschnittsmenschen war, die im Bewußtsein völliger Sicherheit an ihre Geschäfte gehen, machte mich rasend, als hätten sie sich angesichts einer Gefahr, die sie nicht verstanden, in närrischem Getue gefallen. Ich fühlte keine besondere Sehnsucht, sie aufzuklären, mußte mich aber zurückhalten, um ihnen nicht gerade in die Gesichter zu lachen, die so voll dummer Wichtigkeit waren. Ich kann wohl sagen, daß mir die ganze Zeit über nicht recht wohl war. Ich schlenderte durch die Straßen – es gab verschiedene Geschäfte zu erledigen – und grinste durchaus ehrenwerte Personen bitter an. Ich gebe zu, daß mein Benehmen unentschuldbar war, meine Temperatur aber war ja in jenen Tagen auch selten normal. Die Bemühungen meiner lieben Tante, mich wieder ›aufzupäppeln‹, schienen zur Fruchtlosigkeit verdammt. Nicht meine Körperkraft war es, die ein Aufpäppeln brauchte, sondern meine Einbildungskraft mußte beruhigt werden. Ich bewahrte das Briefpaket, das Kurtz mir gegeben hatte, auf, ohne genau zu wissen, was ich damit tun sollte. Seine Mutter war kürzlich gestorben, gepflegt, wie man mir sagte, von des Sohnes Braut. Ein glattrasierter Mann von amtlichem Gebaren, mit goldgefaßter Brille, besuchte mich eines Tages und forschte erst unauffällig, dann mit leisem Nachdruck nach gewissen Dingen, die er ›Dokumente‹ zu nennen beliebte. Ich war nicht überrascht, denn ich hatte schon dort draußen deswegen zweimal Streit mit dem Direktor gehabt. Ich hatte es abgelehnt, auch nur den kleinsten Zettel aus dem Paket herauszurücken, und nahm nun auch dem bebrillten Mann gegenüber die gleiche Haltung ein. Schließlich wurde er dumpf drohend, behauptete recht hitzig, daß die Gesellschaft ein Recht auf jede kleinste Auskunft hätte, die aus ihren Territorien stammte, und meinte: ›Herrn Kurtz' Kenntnisse der unerforschten Gebiete scheinen bestimmt tiefreichend und eigenartig zu sein – wegen seiner großen Fähigkeiten und der bedauernswerten Verhältnisse, in die er geraten war: darum –‹ Ich versicherte ihm, daß Herrn Kurtz' Kenntnisse, wie tiefreichend sie auch gewesen sein mochten, sich weder auf Handels- noch Verwaltungsprobleme erstreckten. Dann rief er den Namen der Gesellschaft an: ›Es wäre ein unberechenbarer Schaden, wenn ...‹ und so weiter. Ich bot ihm den Bericht über ›Die Unterdrückung wilder Sitten‹ an, von dem ich die Nachschrift abgerissen hatte. Er nahm ihn hastig entgegen, gab ihn aber bald mit einem verächtlichen Naserümpfen zurück. ›Das ist es nicht, was wir ein Recht hatten, zu erwarten‹, bemerkte er. ›Erwarten Sie nichts weiter‹, sagte ich. ›Es gibt nur noch Privatbriefe.‹ Er zog sich unter Androhung gesetzlicher Schritte zurück, und ich sah ihn nie wieder; zwei Tage später aber erschien ein anderer Bursche, der sich Kurtz' Vetter nannte und sich ernstlich besorgt zeigte, alle Einzelheiten über die letzten Augenblicke seines lieben Verwandten zu erfahren. Beiläufig gab er mir zu verstehen, daß Kurtz im Grunde ein großer Musiker gewesen sei. ›Er hätte es zu fabelhaften Erfolgen bringen können‹, sagte der Mann, der, soviel ich weiß, ein Organist war, mit schlichtem grauem Haar, das ihm über den fettigen Rockkragen fiel. Ich hatte keinen Grund, seine Behauptungen anzuzweifeln; und bis heute kann ich noch nicht sagen, was Kurtz' Beruf war, ob er überhaupt je einen hatte, und welches das stärkste seiner Talente war. Ich hatte ihn für einen Maler gehalten, der für die Zeitungen schrieb, oder für einen Journalisten, der malen konnte – doch sogar der Vetter (der während unserer Unterhaltung Tabak schnupfte) konnte mir nicht sagen, was er eigentlich gewesen war. Er war ein Universalgenie – darin stimmte ich mit dem alten Knaben überein, der sich daraufhin geräuschvoll in ein großes baumwollenes Taschentuch schneuzte und in greisenhafter Aufregung davonging, nachdem er einige Familienbriefe und Aufzeichnungen ohne Bedeutung an sich genommen hatte. Schließlich tauchte noch ein Journalist auf, der begierig schien, etwas über das Schicksal seines ›lieben Kollegen‹ zu erfahren. Dieser Besuch unterrichtete mich, daß Kurtz' eigentliches Wirkungsgebiet die ›Politik für das Volk‹ hätte sein sollen. Der Mann hatte buschige, gerade Augenbrauen, kurzgeschorenes, borstiges Haar, trug ein Augenglas an breitem Band und gestand mir, als er etwas wärmer geworden war, daß seiner Überzeugung nach Kurtz überhaupt nicht schreiben konnte – ›aber, bei Gott, wie konnte der Mann *reden*! Er riß ganze Versammlungen mit sich fort. Er hatte Glauben, verstehen Sie mich? Er hatte den Glauben. Er konnte sich dazu bringen, alles zu glauben, einfach alles. Er hätte für eine extreme Partei einen glänzenden Führer abgegeben.‹ – ›Was für eine Partei?‹ fragte ich. ›Irgendeine Partei‹, antwortete der andere. ›Er war ein – ein – Extremist.‹ Ob ich nicht auch so dächte? Ich stimmte ihm bei. In einem plötzlichen Aufblitzen von Neugierde fragte er mich, ob ich wüßte, was ihn dazu gebracht hatte, hinauszugehen. – ›Jawohl‹, sagte ich und händigte ihm sofort den berühmten Bericht zur Veröffentlichung aus, falls er ihm passend erscheinen sollte. Er überflog ihn hastig, murmelte dabei unaufhörlich vor sich hin, meinte, es würde schon gehen und verschwand mit seiner Beute.

So blieb mir schließlich nur noch ein dünnes Paket Briefe und das Bild des Mädchens. Sie kam mir wunderschön vor, ich meine, ihr Ausdruck war wunderschön. Ich weiß ja, daß man auch das

Sonnenlicht dazu bringen kann, zu lügen, und doch fühlte man, daß keine geschickte Zurechtmachung von Licht und Stellung den zarten Schimmer über dieses Gesicht gelegt haben konnte. Sie schien bereit, zuzuhören ohne inneren Vorbehalt, ohne Mißtrauen, ohne jeden Gedanken an sich selbst. Ich beschloß, hinzugehen und ihr das Bild und die Briefe persönlich zu übergeben. Neugierde? Gewiß. Und vielleicht auch noch ein anderes Gefühl. Alles, was Kurtz einmal besessen hatte, war mir aus den Händen geglitten; seine Seele, sein Leib, seine Station, seine Pläne, sein Elfenbein, seine Laufbahn. Es blieb nur noch sein Andenken und seine Braut – und ich wünschte, auch das in gewisser Beziehung der Vergangenheit zu übergeben, alles, was mir von ihm blieb, dem Vergessen zu überlassen, das das letzte Ende unseres gemeinsamen Schicksals ist. Ich verteidige mich nicht. Ich hatte keine klare Vorstellung davon, was ich eigentlich wollte. Vielleicht war es eine Regung unbewußter Anständigkeit, oder es geschah unter dem Druck einer der spöttischen Notwendigkeiten, die sich hinter den Tatsachen des menschlichen Lebens verbergen. Ich weiß es nicht. Ich kann es nicht sagen. Aber ich ging.

Ich denke, die Erinnerung an ihn war wie die anderen Erinnerungen an Tote, die sich in jedes Mannes Leben anhäufen – ein leichter Eindruck im Hirn von Schatten, die sich im raschen Vorbei abgeprägt haben; doch vor dem hohen, wuchtigen Tor, zwischen den mächtigen Häusern einer Straße, die still und ehrwürdig wirkten wie eine gut gehaltene Allee in einem Friedhof, stand plötzlich sein Bild wieder vor mir, wie er auf der Bahre lag und gefräßig den Mund öffnete, als wollte er die ganze Erde mit all ihren Bewohnern verschlingen. Er stand geradezu lebendig vor mir – lebendig, wie er es je gewesen war – ein

Schatten, der sich unersättlich nach prunkvoller Umgebung, nach furchtbarer Wirklichkeit sehnte. Ein Schatten, dunkler als der der Nacht, und edel in die Fluten einer übermenschlichen Beredsamkeit gehüllt. Das Bild schien mich in das Haus hineinzubegleiten – die Bahre mit ihren gespenstischen Trägern, die wilde Schar der ehrfürchtigen Anbeter, das Waldesdüster, das Glitzern des Stromes zwischen den dunklen Ufern, die Schläge der Trommel, regelmäßig und dumpf wie die eines Herzens – des Herzens der siegreichen Finsternis. Es war ein Augenblick des Triumphes für die Wildnis, ein jähes, rachsüchtiges Vordringen, das ich, so schien es mir, ganz allein würde aufzuhalten haben, um des Heiles einer anderen Seele willen. Und die Erinnerung daran, was ich ihn dort, weit weg, sagen gehört hatte, während die Gehörnten sich hinter meinem Rücken im Flammenschein, im Schweigen der Wälder regten, diese abgerissenen Sätze kamen mir wieder in den Sinn, waren wieder in ihrer furchtbaren, schicksalhaften Einfalt zu hören. Ich erinnerte mich an seine verworfene Beweisführung, seine verbrecherischen Drohungen, das ungeheure Maß seiner niedrigen Lüste, die Verkommenheit, die Qualen und die entsetzliche Angst seiner Seele. Gleich darauf glaubte ich ihn wieder gefaßt und gleichmütig vor mir zu sehen, wie er mir eines Tages sagte: ›Dieser Posten Elfenbein gehört tatsächlich mir. Die Gesellschaft hat nichts dafür bezahlt. Ich habe ihn selbst unter ziemlich großer, persönlicher Gefahr zusammengetragen. Hm, es ist ein schwieriger Fall. Was glauben Sie, was ich tun sollte – Widerstand leisten? Wie? Ich will nichts weiter als Gerechtigkeit ...‹ Er wollte nichts weiter als Gerechtigkeit – nichts weiter als Gerechtigkeit. Ich zog die Glocke vor einer Mahagonitür im ersten Stock, und während ich wartete, schien er mich aus den Glasscheiben anzustarren, mit dem weiten, ungeheuren Blick, der die ganze Welt umfaßte, verdammte und verabscheute. Ich glaubte, den geflüsterten Schrei zu hören: ›Das Grauen! das Grauen!‹

Die Dämmerung fiel ein. Ich hatte in einem luftigen, winzigen Wohnzimmer zu warten, mit drei hohen Fenstern, die vom Boden bis zur Decke reichten und wie drei leuchtende, verhängte Säulen wirkten. Die geschnitzten, vergoldeten Beine und Ränder der Möbel leuchteten in undeutlichen Umrissen. Der hohe Marmorkamin wirkte weiß und kalt wie ein Denkmal. Ein großes Pianino stand massig in einer Ecke, mit trüben Glanzlichtern da und dort, wie ein düsterer, polierter Sarkophag. Eine hohe Tür ging auf, schloß sich. Ich erhob mich.

Sie kam mir entgegen, ganz in Schwarz, mit einem blassen Haupt, das durch das Dunkel auf mich zuhielt. Sie war in Trauer. Es war mehr als ein Jahr seit seinem Tode, mehr als ein Jahr her, seitdem die Nachricht gekommen war. Es schien, als wollte sie nie vergessen und ewig trauern. Sie nahm meine beiden Hände in die ihren und murmelte: ›Ich hatte gehört, daß Sie kommen würden.‹ Ich bemerkte, daß sie nicht sehr jung war – ich meine, nicht mädchenhaft. Sie war wirklich fähig, Treue, Glaube und Liebe zu geben. Der Raum schien dunkler geworden, als hätte sich all das trübe Licht des wolkigen Abends auf ihre Stirn geflüchtet. Dies blendende Haar, das blasse Gesicht, die reinen Brauen schienen von einem silberigen Schein umgeben, aus dem mich die dunklen Augen anblickten. Ihr Blick war arglos, tief, zutraulich und treu. Sie trug ihr bekümmertes Haupt, als wäre sie stolz auf ihren Kummer, als wollte sie sagen: ›Ich, ich allein weiß um ihn zu trauern, wie er es verdient.‹ Noch während wir uns die Hände schüttelten, kam ein Ausdruck so furchtbarer Trostlosigkeit über ihr Gesicht, daß ich sie als eines der Geschöpfe erkannte, die nicht zum Spielzeug der Zeit geboren sind. Für sie war er erst gestern gestorben – nein, in dieser selben Minute. Ich sah sie und ihn im gleichen Augenblick – seinen Tod und ihren Kummer – ich sah ihren Kummer im Augenblick seines Todes. Versteht ihr das? Ich sah sie zugleich, ich hörte sie zugleich. Sie hatte mit einem tiefen Atemzug gesagt: ›Ich bin übriggeblieben.‹ Mit dieser verzweifelten Klage vermengt, glaubten meine gespannten Ohren deutlich das letzte Flüstern zu hören, das seine ewige Verdammnis anzeigte. Ich fragte mich, was ich da tat, und hatte dabei ein Gefühl von Panik, als hätte ich mich an einen Ort gewagt, wo grausame, sinnlose Mysterien abgehalten wurden, denen kein menschliches Wesen beiwohnen durfte. Sie forderte mich auf, Platz zu nehmen. Wir setzten uns. Ich legte das Paket langsam auf den kleinen Tisch und sie legte die Hand darüber … ›Sie kannten ihn gut‹, murmelte sie nach einem kurzen und traurigen Schweigen.

›Die Vertrautheit bildet sich da draußen schnell heraus‹, sagte ich. ›Ich kannte ihn so gut, wie ein Mann überhaupt einen andern kennen kann.‹

›Und Sie bewunderten ihn‹, sagte sie. ›Es war unmöglich, ihn zu kennen, ohne ihn zu bewundern, nicht wahr?‹

›Er war ein hervorragender Mensch‹, sagte ich unsicher. Dann fuhr ich unter dem eindringlichen Starren ihres Blickes, der nach weiteren Worten auf den Lippen zu spähen schien, fort: ›Es war unmöglich, ihn nicht …‹

›Zu lieben‹, ergänzte sie hastig, so daß ich bestürzt schwieg. ›Wie wahr! wie wahr! Wenn Sie aber bedenken, daß niemand ihn so gut kannte, wie ich! Ich besaß sein kostbares Vertrauen. Ich kannte ihn am besten.‹

›Sie kannten ihn am besten‹, wiederholte ich. Und vielleicht tat sie das. Doch mit jedem Wort, das gesprochen wurde, verdüsterte sich der Raum mehr und mehr, und nur ihre Stirn, glatt und weiß, blieb von dem unauslöschlichen Licht von Glaube und Liebe erhellt.

›Sie waren sein Freund‹, fuhr sie fort. ›Sein Freund‹, wiederholte sie ein wenig lauter. ›Sie müssen es gewesen sein, wenn er Ihnen dies gegeben und Sie zu mir geschickt hat. Ich fühle, daß ich zu Ihnen sprechen kann und, oh! Ich muß sprechen. Ich möchte, daß Sie – Sie, der sein letztes Wort gehört hat, wissen, daß ich seiner wert war ... Es ist nicht Stolz ... Jawohl! ich bin stolz darauf, zu wissen, daß ich ihn besser verstand als sonst jemand auf der Erde – das hat er mir selbst gesagt. Und seit seine Mutter tot ist, habe ich niemand gehabt, niemand, mit dem ...‹

Ich hörte zu. Das Dunkel vertiefte sich. Ich war nicht einmal sicher, ob er mir das rechte Paket gegeben hatte. Ich glaube sogar, er wollte, daß ich auf ein ganz anderes Bündel seiner Papiere aufpassen sollte, das ich nach seinem Tode den Direktor unter der Lampe durchblättern sah. Und das Mädchen sprach, und ihr Schmerz löste sich in der Gewißheit meiner Zuneigung; sie sprach, wie durstige Menschen trinken. Ich hatte gehört, daß ihre Verlobung mit Kurtz von ihrer Familie mißbilligt worden war. Er war nicht reich genug gewesen, oder sonst etwas. Und tatsächlich weiß ich nicht, ob er nicht zeit seines Lebens arm war. Er hatte mir einigen Grund zu der Annahme gegeben, daß es die Auflehnung gegen seine verhältnismäßige Armut gewesen war, die ihn dort hinausgeführt hatte.

›... Wer wäre nicht sein Freund gewesen, der ihn je sprechen gehört hat‹, sagte sie. ›Er zog die Menschen durch das Beste in ihnen an sich.‹ Sie sah mir fest ins Gesicht. ›Das ist die Gabe der ganz Großen‹, fuhr sie fort, und ihre leise Stimme schien von all den anderen Klängen getragen, voll von Geheimnis, Verzweiflung und Kummer, die ich je gehört hatte – dem Rauschen des Stromes, dem Seufzen der Bäume im Sturm, dem Murmeln einer aufgeregten Menge, unverständlichen Worten, kaum noch hörbar, von weit weg gerufen, dem Flüstern einer Stimme, die von jenseits der Schwelle zur ewigen Finsternis sprach. ›Aber Sie haben ihn ja gehört! Sie wissen es!‹ rief sie.

›Jawohl, ich weiß es‹, sagte ich, etwas wie Verzweiflung im Herzen, beugte mich aber dabei vor dem Glauben, der in ihr war, vor dem großen, rettenden Trugbild, das mit unirdischer Glut durch die Dunkelheit leuchtete, durch die siegreiche Dunkelheit, vor der ich sie nicht hätte schützen können, vor der ich mich selbst nicht einmal schützen konnte.

›Welch ein Verlust für mich – für uns!‹ verbesserte sie sich mit herrlicher Großmut. Dann fügte sie murmelnd hinzu ›für die Welt‹. Im letzten Schimmer des Zwielichts konnte ich das Glitzern ihrer Augen sehen, die voll von Tränen waren – von Tränen, die nicht fallen wollten.

›Ich bin sehr glücklich gewesen – richtig begnadet – sehr stolz‹, fuhr sie fort. › *Zu* glücklich, eine kleine Weile lang. Und nun bin ich unglücklich – fürs Leben.‹

Sie stand auf; ihr blendendes Haar schien den letzten Rest von Licht in goldenem Leuchten aufzufangen. Auch ich erhob mich.

›Und von all dem‹, fuhr sie traurig fort, ›von allen seinen Hoffnungen, seiner Größe, seinem edlen, vornehmen Herzen bleibt nichts übrig – nichts als eine Erinnerung. Sie und ich ...‹

›Wir werden immer an ihn denken‹, sagte ich hastig.

›Nein‹, rief sie. ›Es ist unmöglich, daß all dies verloren sein – daß ein solches Leben geopfert worden sein sollte, um nichts hinter sich zulassen als Trauer. Sie wissen, daß er große Pläne hatte. Auch ich wußte davon. – Ich konnte sie vielleicht nicht verstehen – doch andere wußten davon. Etwas muß übrigbleiben. Seine Worte zumindest sind nicht gestorben.‹

›Seine Worte werden bleiben‹, sagte ich.

›Und sein Beispiel‹, flüsterte sie zu sich selbst. ›Die Menschen sahen zu ihm auf, seine Güte leuchtete aus jeder seiner Handlungen, sein Beispiel ...‹

›Das ist ›wahr‹, sagte ich, ›auch sein Beispiel. Jawohl, sein Beispiel. Ich vergesse das.‹

›Ich aber nicht. Ich kann es – kann es nicht glauben – jetzt noch nicht. Ich kann nicht glauben, daß ich ihn nie wieder sehen soll, daß niemand ihn je wieder sehen soll. Nie, niemals wieder.‹

Sie streckte die Arme aus wie nach einer zurückweichenden Gestalt, streckte sie schwarz, mit gefalteten, bleichen Händen quer durch den schmalen, mattschimmernden Lichtstreifen des Fensters. Ihn nie wieder sehen! Ich sah ihn eben damals deutlich genug. Ich werde dieses beredte Gespenst sehen, solange ich lebe, werde auch sie sehen, einen tragischen, vertrauten Schatten, sie, die mich in dieser Gebärde an eine andere tragische Gestalt erinnerte; an die andere, die, mit unwirksamen Zaubermitteln bedeckt, nackte, braune Arme über das höllische Glitzern des

Stromes, des Stromes der Finsternis, ausgestreckt hatte. Sie sagte plötzlich sehr leise: ›Er starb, wie er gelebt hatte.‹

›Sein Ende‹, sagte ich, während sich ein dumpfer Ärger in mir regte, ›war in jeder Hinsicht seines Lebens würdig.‹

›Und ich war nicht bei ihm‹, murmelte sie. Mein Ärger machte einem Gefühl endlosen Mitleids Platz.

›Alles, was getan werden konnte …‹, murmelte ich.

›Oh, aber ich glaubte stärker an ihn als irgend jemand sonst auf Erden – mehr als seine eigene Mutter, mehr als er selbst. Er brauchte mich! Mich! Ich hätte jeden Seufzer, jedes Wort, jedes Zeichen, jeden Blick wie einen Schatz aufbewahrt.‹

Ich fühlte es wie eine eisige Hand auf meiner Brust. ›Nicht!‹ sagte ich mit erstickter Stimme.

›Vergeben Sie mir. Ich – ich – habe – lange schweigend getrauert, schweigend … Sie waren bei ihm – bis zuletzt. Ich denke an seine Einsamkeit. Niemand ihm nahe, um ihn zu verstehen, wie ich ihn verstanden hätte. Vielleicht auch niemand, um zu hören …‹

›Bis ganz zuletzt‹, sagte ich bebend. ›Ich hörte seine letzten Worte …‹ Damit brach ich erschreckt ab.

›Wiederholen Sie sie‹, sagte sie in größtem Schmerz. ›Ich will – ich will – etwas – etwas, um – um damit weiterleben zu können.‹

Ich war hart daran, ihr zuzuschreien: ›Hören Sie sie nicht?‹ Das Dunkel wiederholte sie rings um uns, hartnäckig flüsternd, in einem Flüstern, das drohend anzuschwellen schien, wie das erste Flüstern eines erwachenden Sturms: ›Das Grauen! Das Grauen!‹

›Sein letztes Wort – und damit weiterleben zu können‹, murmelte sie. ›Verstehen Sie nicht, daß ich ihn liebte – ihn liebte, ihn liebte!‹

Ich riß mich zusammen und sagte langsam:

›Das letzte Wort, das er aussprach, war – Ihr Name.‹

Ich hörte einen leichten Seufzer, und dann stand mein Herz still, hielt unvermittelt an, vor einem furchtbaren, jubelnden Aufschrei, vor einem Schrei unbegreiflichen Triumphs und unaussprechlichen Schmerzes. ›Ich wußte es, wußte es gewiß! ...‹ Sie wußte es. Wußte es gewiß. Ich hörte sie weinen; sie hatte das Gesicht in den Händen verborgen. Mir war es, als müßte das Haus einfallen, bevor ich noch entrinnen konnte, als müßte mir der Himmel auf den Kopf stürzen. Doch nichts geschah. Der Himmel stürzt wegen einer solchen Kleinigkeit nicht ein. Wäre er wohl eingestürzt, wenn ich Kurtz die Gerechtigkeit hätte widerfahren lassen, die er verdiente? Hatte er nicht selbst gesagt, daß er nichts weiter als Gerechtigkeit wünschte! Doch ich konnte es nicht. Ich konnte es ihr nicht sagen. Es wäre zu dunkel gewesen, allzu dunkel ...“

Marlow brach ab und saß undeutlich und schweigend da, in der Stellung des meditierenden Buddha. Niemand regte sich eine Zeitlang. „Wir haben den Anfang der Ebbe versäumt“, sagte der Direktor plötzlich. Ich hob den Kopf. Die Mündung war von einer schwarzen Wolkenbank umlagert, und die ruhige Wasserstraße, die zu den letzten Enden der Welt führte, strömte düster, unter bedecktem Himmel dahin, wie in das Herz einer ungeheueren Finsternis.